Le fruit d’une liaison new-yorkaise

SUSAN MEIER

Le fruit d'une liaison new-yorkaise

Traduction française de
ERWAN LARHER

AZUR

HARLEQUIN

Collection : Azur

Titre original :
CARRYING THE BILLIONAIRE'S BABY

HARPERCOLLINS FRANCE
83-85, boulevard Vincent-Auriol, 75646 PARIS CEDEX 13
Service Lectrices — Tél. : 01 45 82 47 47

www.harlequin.fr

ISBN 978-2-2804-4069-1 — ISSN 0993-4448

1.

Jacob traversait à grandes enjambées le hall paisible de Waters, Waters & Montgomery, le cabinet de juristes employé par sa famille, escorté du dégingandé Pete Waters, le plus âgé des trois associés.

— Ta mère tient le coup, Jake ? lui demanda l'homme de loi.

La question ne le surprit pas. Depuis la mort de son père, cinq mois auparavant, tout le monde se souciait de la santé de Maureen McCallan.

— Elle s'en sort. Elle s'efforce de remonter la pente. Certains jours, c'est plus difficile que d'autres.

— La rumeur dit qu'elle a présidé la dernière réunion du conseil d'administration.

Jake grimaça. Personne n'était supposé savoir cela, mais Pete avait des yeux et des oreilles partout. Il choisit ses mots avec soin avant de répondre :

— Elle a essayé.

— Essayé ?

— Elle est entrée dans la salle de réunion en affirmant qu'elle n'était pas prête à être mise au placard et prendrait la place de son mari à la présidence du conseil d'administration. Je suis sorti avec elle de la salle et lui ai dit que les statuts de l'entreprise désignaient le P-DG comme président par intérim.

— C'est-à-dire toi.

— Moi, en effet. Et j'ai ajouté que si nous contrevenions

à nos statuts, nous risquerions d'être poursuivis par nos actionnaires.

— Comment l'a-t-elle pris ?

— Elle était un peu embarrassée, un peu blessée aussi. Elle a dû penser qu'être présidente du CA l'occuperait, maintenant que mon père n'est plus.

Pete prit une lente et longue inspiration, puis souffla.

— C'est dur.

Le milieu du petit couloir qui ne desservait que le bureau de Pete était encombré par un échafaudage sur lequel travaillaient deux peintres. Le juriste fit un geste de la main vers la droite.

— Nous allons passer par là.

Ils traversèrent un open space, dans lequel des employés assis à leur bureau et séparés par des cloisons amovibles s'acquittaient de leurs tâches, soit au téléphone soit en pianotant sur le clavier de leur ordinateur. Puis ils longèrent une vaste pièce vitrée où étaient entreposées les archives du cabinet, des rangées et des rangées de dossiers, et où se trouvaient aussi cinq photocopieurs et une grande table de travail.

Soudain, Jake ralentit le pas, les sourcils froncés. Était-ce Avery Nowak, debout devant l'un des photocopieurs ? La grande rousse lui tournait le dos, mais une chevelure aussi longue et soyeuse, capable de vous chatouiller le torse lorsque sa propriétaire était à califourchon sur vous, ne s'oubliait pas facilement…

Il se força à continuer de marcher. Avery et lui avaient eu une brève aventure, qu'elle avait par chance interrompue après trois semaines. Au lit, cela avait été de la dynamite. Mais en dehors, ils n'auraient rien fait d'autre que discuter de politique si Jake avait jamais mordu à l'un de ses appâts. Avery Nowak était ridiculement têtue, et elle n'aimait pas les gens riches. Certes, leur liaison avait été torride, mais il avait anticipé un futur empli de ses critiques envers son style de vie privilégié. Son seul regret restait qu'il n'avait pas été celui des deux qui avait rompu…

Pete et lui atteignaient le bout du couloir lorsque la femme se retourna. Ses grands yeux verts s'élargirent et elle resta bouche bée quelques secondes, avant de se reprendre et de plaquer le dossier qu'elle tenait contre son ventre. Trop tard, Jake avait remarqué qu'il était arrondi.

Arrondi ! ?

Elle était au moins enceinte de cinq mois ; peut-être six.

Mon Dieu, six mois ?

Six mois auparavant, c'était le mois de février et ils sortaient ensemble. Avery Nowak pourrait porter son bébé. Son enfant…

Il jeta un coup d'œil à Avery. Sa silhouette n'avait pas vraiment changé, si l'on exceptait son ventre de femme enceinte ; elle paraissait même plus féminine. Plus attirante. Il se souvint d'elle dans la douche, le corps couvert de mousse, et son cerveau ajouta à cette image son ventre actuel. Alors, une émotion brute, violente, le traversa. Plus forte que le simple désir, plus profonde que la sidération d'avoir conçu un enfant avec elle. Cette sensation le laissa sans voix. Que ce puisse être son enfant, là, à quelques pas de lui, dans le ventre de cette femme, lui donnait le vertige – parce que son géniteur avait été un si mauvais père, et que lui-même ignorait comment était censé se comporter un bon père ?

Non, ça ne peut pas être ton enfant. Avery t'en aurait parlé, n'est-ce pas ?

Pete et lui tournèrent finalement à l'angle de la pièce vitrée. Pete continuait à évoquer sa mère :

— Je conçois que Maureen soit encore secouée, mais tu dois vraiment tenir bon et ne pas la laisser s'immiscer dans les affaires de l'entreprise.

— En fait, je pense à lui trouver un poste.

— Quoi ? s'exclama Pete en s'arrêtant.

Jake s'arrêta lui aussi.

— Elle a perdu son mari.

Un mouvement attira son attention à l'orée de son champ de vision. En tournant la tête, il aperçut Avery qui s'enfuyait littéralement. Pourquoi serait-elle aussi pressée de s'éloigner de lui si elle ne portait pas son enfant ? Était-elle gênée ?

Peut-être. Surtout si elle avait rencontré un autre homme et était tombée enceinte si peu de temps après sa rupture avec lui. Parce que cet enfant ne pouvait être de lui, n'est-ce pas ? Impossible. Avery l'aurait averti.

Il fit face à Pete de nouveau :

— Ma mère est en deuil. Elle a besoin de donner un sens à sa vie. Essayer de devenir présidente du conseil d'administration montre qu'elle a besoin de faire quelque chose. Alors pourquoi ne pas l'employer ?

— Parce qu'elle a été une personnalité mondaine pendant quarante ans et qu'elle n'a aucune compétence ! répliqua Pete, avant de soupirer : Jake, lui donner du travail ne fera que te compliquer la vie. Il y a de meilleurs moyens de l'aider à surmonter son chagrin que de l'avoir dans tes jambes toute la journée.

— Je ne suis pas sûr d'être d'accord. Peut-être a-t-elle des compétences que nous ignorons. Peut-être ne veut-elle même pas d'un boulot, d'ailleurs. Mais si je le lui demande, au moins elle se sentira désirée.

— Je crois que tu t'en mordras les doigts.

— Peut-être, mais je crois que je devrais le lui proposer. Elle part aujourd'hui à Paris pour une semaine. Je me dis que si je lui offre quelque chose, ça l'aidera suffisamment pour que ses amies puissent la sortir de sa dépression.

— Tu es certain qu'elle part ?

— Ses meilleures amies et elle passent la première semaine de septembre à Paris depuis des siècles. Elle sait que ce sera bon pour elle de ne pas déroger à cette tradition. De plus, il y a un grand bal de charité là-bas auquel j'assisterai cette année. Elle ne voudra pas manquer ma première à Paris ni l'occasion de me présenter à ses connaissances sur place.

— Et si elle saute sur ta proposition de travail et annule tout le reste ?

— La condition non négociable assortie à mon offre sera qu'elle se rende à Paris.

Pete haussa les épaules, comme s'il approuvait à contrecœur sa décision. Lorsqu'ils s'installèrent dans le bureau de son avocat, Jake se sentait encore oppressé. À cause d'Avery.

D'une voix monocorde, Pete commença à énumérer les points à régler à propos du testament de son père. L'esprit de Jake était ailleurs. Il songea qu'Avery était une femme assez indépendante pour avoir considéré que c'était son droit de ne pas l'informer être enceinte de lui. Puis il se dit que si cet enfant était de lui, il était dans de sales draps. Il n'avait aucune idée de comment se comportait un bon père et aurait besoin de beaucoup de temps pour apprendre avant la naissance du bébé. Ce qui l'amena à une conclusion évidente : il lui fallait parler à Avery.

Aujourd'hui.

2.

Ce soir-là, Avery rentra chez elle bien après 21 heures. Chez Waters, Waters & Montgomery, les collaborateurs comme elle s'occupaient dans la plupart des dossiers de la paperasse et de la majeure partie du travail préparatoire.

Avant de tomber enceinte, elle se battait pour faire des heures supplémentaires. Elle assistait à toutes les réunions possibles et s'employait à faire partie des équipes qui travaillaient sur les affaires les plus intéressantes. Elle avait un but, des objectifs élevés, et s'était donné cinq ans pour acquérir l'expérience nécessaire et rentrer chez elle en Pennsylvanie ouvrir son propre cabinet. Puis elle avait commencé à sortir avec Jacob McCallan.

Une erreur. Oui, dès le premier jour, elle avait compris que c'était une erreur.

Son père avait injustement fait de la prison, à cause d'un homme riche qui avait tant d'argent et d'influence qu'il avait pu échapper à une condamnation, alors que lui-même n'avait pas eu les moyens d'engager un avocat susceptible de le défendre convenablement. Voilà pourquoi elle était devenue avocate : pour être la voix des gens qui ne pouvaient se permettre de payer cinq cents dollars de l'heure un avocat capable de leur éviter la prison pour un crime qu'ils n'avaient pas commis. Donc fréquenter quelqu'un de la même engeance que l'homme qui avait envoyé son père derrière les barreaux n'était pas une bonne idée…

Certes, Jake était diablement sexy, mais voyager dans sa limousine, prendre son hélicoptère pour aller manger du homard dans le Maine, passer la nuit dans son somptueux penthouse ultra-sécurisé lui rappelait seulement qu'il n'avait pas la moindre idée de la vraie vie que menaient les vraies gens, les gens normaux, ceux qui souffraient et devaient se battre pour survivre. Jake McCallan était avant tout un privilégié ; or elle ne voulait pas que son enfant soit perdu au milieu d'une armée de chauffeurs, de nounous et de domestiques, ni ne grandisse derrière des vitres blindées ou entre deux gardes du corps dans la peur d'être kidnappé et en pensant que l'argent faisait le bonheur.

Elle ne voulait pas non plus que Jake apprenne que son père avait fait de la prison. Il pourrait alors exiger qu'elle réside à New York, voire essayer de lui enlever la garde de l'enfant. Comment alors protéger celui-ci de la vie absurde que menaient les McCallan ?

Pour le bien de son bébé, Avery avait donc pris la décision de ne pas dire à Jake qu'elle était enceinte. Elle en avait éprouvé un puissant soulagement, et le bonheur de sa maternité à venir l'avait alors envahie – et ne l'avait plus quittée depuis. Sans Jake dans les parages, elle était prête à devenir mère. Cela changerait ses plans, bien sûr : elle devrait rentrer en Pennsylvanie deux ans plus tôt que prévu. Mais elle s'adapterait. Elle désirait tant cet enfant que chambouler son existence et ses projets lui semblait anodin.

Avery soupira, posa son attaché-case sur une chaise et se débarrassa de ses chaussures. Elle se dirigeait vers sa chambre pour enfiler une tenue plus confortable lorsque la sonnette de la porte d'entrée retentit. Elle leva les yeux au ciel, agacée.

— Non mais ce n'est pas vrai ! marmonna-t-elle entre ses dents. Laissez-moi tranquille !

Elle pourrait ignorer ce coup de sonnette, mais elle suspectait Jake d'avoir attendu son retour assis dans sa limousine garée en bas de sa rue. Il l'avait vue le matin même, avait constaté qu'elle était enceinte ; et avait à n'en pas douter fait un rapide calcul mental…

Nouveau coup de sonnette.

Elle se dirigea vers l'entrée en jugulant ses craintes. Les avocats devaient anticiper toutes les possibilités, tous les cas de figure. Si son premier choix avait été de ne rien dire à Jake, elle avait un plan B. En effet, des cris de bébé étaient la dernière chose qu'un aristocrate vieux jeu comme Jake souhaiterait dans son monde policé. Elle n'aurait qu'à lui rappeler la pagaille qu'un enfant y mettrait pour le décourager aussi sec.

Tout en se demandant une nouvelle fois comment un type aussi sérieux et coincé pouvait être un amant aussi fantastique, elle ouvrit la porte.

Jake se tenait devant elle, plus attirant que jamais. Ses cheveux noirs étaient courts, une coupe impeccable que quelques mèches indisciplinées rendaient sexy. Son regard bleu si sérieux donnait toujours autant envie à Avery de lui raconter une histoire drôle. Et son corps, mis en valeur par son costume ajusté, était une œuvre d'art, se souvint-elle soudain avec une bouffée de chaleur. Il l'entretenait en salle de sport trois fois par semaine.

— C'est mon bébé, n'est-ce pas ? demanda-t-il sans préambule, le doigt pointé vers son ventre.

Les images érotiques qui flottaient devant les yeux d'Avery se dissipèrent aussitôt. Elle ouvrit la porte en grand et l'invita d'un geste à entrer.

— Rien de tel qu'une petite discussion pour réchauffer l'ambiance ! lança-t-elle d'un ton badin.

Il ne bougea pas d'un pouce.

— Nous n'avons rien à discuter, à part pourquoi tu me tiens à l'écart de mon enfant.

— Je ne te tiens pas à l'écart de ton enfant, mais de ma grossesse.

Jake lâcha un juron.

— Tu vois ? C'est exactement pour cette raison que je ne t'ai rien dit !

Avery l'attrapa par le bras et le tira à l'intérieur. Elle l'amena jusqu'à un des deux fauteuils disposés devant la cheminée du salon de chaque côté du sofa. Puis elle se rendit dans la cuisine, emplit un verre d'eau au robinet et l'apporta à Jake.

— Je savais que cela t'effraierait, reprit-elle.

Jake prit le verre qu'elle lui tendait.

— Je ne suis pas effrayé, je suis choqué. Tu sais que tu es enceinte depuis des mois, je l'apprends aujourd'hui. Par hasard, et pas parce que tu me l'as appris.

— Très bien, dit-elle d'une voix apaisante, avant de s'asseoir sur le sofa. Que veux-tu savoir ?

Elle devait rester calme et rationnelle. Jake appréciait ces qualités, ainsi que l'ordre et la mesure. Il darda sur elle ses magnifiques prunelles bleues.

— Comment est-ce arrivé ?

Avery ne put s'empêcher de rire.

— Je crois que tu connais les grandes lignes du processus de création d'un bébé, non ?

— Avery, la sermonna-t-il comme si elle avait douze ans en levant les yeux au ciel, tu m'as dit que tu prenais la pilule, non ?

L'insinuation que tout cela était sa *faute* fit monter un vent de colère en elle. Elle n'en laissa rien paraître, désireuse de ne pas envenimer la situation et consciente que Jake venait d'apprendre une nouvelle pour le moins perturbante.

— D'après mon médecin, c'est à cause des antibiotiques qu'elle m'avait prescrits pour lutter contre une bronchite, juste avant qu'on se rencontre.

Dans un café le jour de la Saint-Valentin. Aucun d'eux n'avait de rendez-vous galant prévu et tous deux noyaient leur solitude dans un café *latte*. Ils s'étaient reconnus et avaient décidé de dîner ensemble. Jake avait été si charmant et séduisant que la soirée s'était terminée au lit.

Il reposa le verre toujours plein sur la petite desserte à côté de lui.

— Je n'ai pas pensé à te demander si tu prenais des antibiotiques, lâcha-t-il, pince-sans-rire.

Son cœur fit un petit bond dans sa poitrine. Chaque

fois qu'elle était prête à le voir comme un moralisateur, il la surprenait. À se demander s'il était vraiment l'homme qu'il paraissait être... Il ne l'avait pas encore blâmée d'être tombée enceinte, donc elle pouvait passer au plan B et lui rappeler le fardeau que pouvait constituer un bébé dans la vie de tous les jours ; ainsi, elle lui laisserait une porte de sortie honorable.

— Mon objectif a toujours été de trouver une place dans un grand cabinet juridique et d'acheter un appartement qui prendrait de la valeur au fil des ans.

Le froncement de sourcils de Jake la fit s'interrompre. Il se demandait sans doute pourquoi elle lui répétait quelque chose qu'il savait déjà et qui semblait n'avoir aucun rapport avec sa présence chez elle.

— Ce que je ne t'ai jamais dit, c'est que mon idée était d'accumuler de l'expérience, puis de revendre l'appartement avec une plus-value avant de monter mon propre cabinet en Pennsylvanie.

— Ah ?

Ce n'était pas la première fois qu'elle l'étonnait. À chaque fois qu'ils étaient sortis ensemble, elle avait fait ou dit quelque chose qui lui avait fait froncer les sourcils ou lever les yeux au ciel. Leur problème n'avait pas été seulement leur différence de classe sociale, mais qu'ils étaient à l'opposé l'un de l'autre dans à peu près tous les domaines.

— Nous nous sommes fréquentés trois semaines, Jake ! Aucune loi ne m'obligeait à te dire comment j'envisage mon futur.

— Donc, c'est que, pour toi, ce n'était pas sérieux. J'étais quoi ? Un sextoy amélioré ?

Il avait dit cela d'un ton posé, comme s'il avait fait une remarque au milieu d'une négociation commerciale, et Avery éclata de rire. Il lui décocha un regard furibond.

— Non, vraiment, dis-moi, je suis curieux : tu as continué à sortir avec moi parce qu'au lit, c'était bien ?

— Tu étais *très* bien, même...

Il se leva de son fauteuil et commença à faire les cent pas.

— Avery, sois sérieuse !

— Tu te rends compte que la plupart des hommes auraient été fiers de recevoir un tel compliment ?

— Je ne suis pas comme la plupart des hommes.

Sans blague ! songea Avery.

— Pourquoi toi, tu as continué à sortir avec moi alors que dès le troisième rendez-vous, nous avions tous les deux compris que nous n'étions pas compatibles ?

Il prit une longue inspiration. Puis il se passa les deux mains dans les cheveux, un geste qu'elle ne lui avait jamais vu faire. Elle se raidit. La dernière chose qu'elle voulait, c'était mettre en colère l'un des hommes les plus riches de New York alors qu'elle n'avait aucun moyen de lui soustraire leur enfant. Déménager en Pennsylvanie sans rien lui dire aurait été la meilleure solution pour eux deux. Maintenant qu'il était au courant, l'amener à se rendre compte qu'il n'avait aucune envie de faire partie de la vie de son bébé était sa meilleure option. Cependant, elle n'y parviendrait pas s'ils continuaient à se chamailler pour des détails sans importance.

— Peu importe, après tout, reprit-elle, décidée à remettre la conversation sur de bons rails. Mon projet de vie a été un poil chambardé. Heureusement, l'immobilier a augmenté, j'ai remboursé un peu plus que prévu mon emprunt chaque mois, je peux donc revendre plus tôt et quand même être gagnante dans l'opération. Une fois passé l'examen du barreau de Pennsylvanie, je pourrai ouvrir mon cabinet.

— Si tu voulais ton propre cabinet, ou même grimper dans la hiérarchie chez Waters, Waters & Montgomery, tout ce que tu avais à faire, c'était demander.

Avery le fixa, bouche bée.

— Tu penses vraiment que j'aurais pu accepter de passer devant des avocats qui en connaissent dix fois plus long que moi ? s'étrangla-t-elle. De devenir avocat associé avant eux parce que mon ex est le plus gros client du cabinet ?

— Alors tu vas vraiment partir ?

Une autre des habitudes de Jake consistait à ne pas répondre à ses questions ; et à changer de sujet dès qu'apparaissait un risque de dispute. Elle lui fut reconnaissante cette fois-ci de leur éviter d'emprunter une nouvelle voie sans issue, aussi ne releva-t-elle pas mais choisit-elle de répondre :

— Je ne déménage pas demain. Les médecins qui me suivent sont à New York, et j'accoucherai ici. Et il me faut le temps de vendre mon appartement. Mais un jour, oui, je vais partir.

— Et tu t'attends à ce que j'approuve cette décision ? Tu penses que je n'ai aucun droit, aucune option, c'est ça ?

Jusqu'ici, Jake avait été sérieux ; il était désormais furieux, et cela se reflétait dans ses yeux saphir. Avery dompta la peur qui l'avait envahie. Elle avait face à elle l'homme le plus rationnel de la planète, donc si elle restait émotionnellement neutre, il en ferait de même. Elle devait appliquer son plan avec méthode et logique, en insistant sur les points positifs pour lui. Alors, il la suivrait.

Du moins Avery l'espérait-elle…

— Très bien, dit Avery d'un ton engageant, reprenons depuis le début. Je suis enceinte. De tes œuvres. Depuis le lycée, j'ai prévu de devenir avocate, d'acquérir de l'expérience à New York puis de revenir en Pennsylvanie m'établir à mon compte. Le bébé ne change pas mes plans. Je vais devoir m'adapter, c'est tout. Trouver un emploi dans un cabinet le temps de potasser l'examen du barreau de Pennsylvanie. Mon objectif final ne change pas, et il n'est pas négociable.

Pendant qu'elle déroulait son discours, Jake allait et venait devant la cheminée.

— Et la Pennsylvanie, ce n'est pas si loin. Je pourrai conduire jusque chez toi, ou envoyer un chauffeur chercher le bébé et me le ramener.

Avery grimaça. Elle ne savait pas s'il parlait sérieusement ou faisait de l'ironie, mais si c'était la première option, elle n'aimait pas du tout l'idée que son bébé évolue, même à temps très partiel, dans le monde de privilégiés coupés de la réalité où évoluaient les McCallan. Elle n'attaqua cependant pas Jake de front :

— Je ne laisserai pas mon bébé seul dans une limousine.

— Il devra pourtant passer du temps avec moi.

— Avec *toi* ? Avec une nounou payée par tes soins, tu veux dire ? Même quand tu es chez toi, tu es sur ton ordinateur ou au téléphone ! commença-t-elle à s'échauffer, énervée par cette perspective. Pourquoi mon enfant devrait-il passer du temps avec un chauffeur et une nounou alors qu'il pourrait être avec moi ? Je ne le laisserai pas être élevé par une employée, Jake. Jamais !

Il secoua la tête, les yeux fermés, contrôlant visiblement sa colère. !

— Combien ? lança-t-il finalement en rouvrant les paupières.

— Combien… Combien de quoi ? bafouilla Avery, désarçonnée.

Il n'essayait tout de même pas de…

— Combien veux-tu pour accepter ?

Avery posa les poings sur les hanches et releva le menton, froissée et furieuse.

— Tu tentes de me soudoyer ?

— J'essaie de te rendre plus coopérative.

— Tu crois vraiment qu'en me donnant quelques centaines ou quelques milliers de dollars, tu pourras décider des modalités de ton droit de visite ?

— Je pensais plutôt à quelques millions.

Avery écarquilla les yeux.

— Tu es complètement fou, ma parole ! Je n'ai pas besoin de ton argent ! Je ne *veux pas* de ton argent ! Je veux le meilleur pour mon bébé, et c'est ce que tu devrais vouloir, toi aussi.

Il la dévisagea. Elle avait l'impression de voir tourner les rouages de son cerveau à toute vitesse et en venir à la conclusion que l'argent n'avait rien à faire dans l'équation. Dans son monde, on en revenait toujours à l'argent. Elle ne pouvait même pas lui en vouloir d'avoir essayé. Elle ne voulait pas de pension pour son enfant, mais il était encore un peu tôt pour l'annoncer à Jake. Son cerveau devrait travailler tellement dur pour assimiler cette information qu'il risquait de faire une attaque…

— Il va nous falloir un accord écrit, finit-il par dire.

Dix secondes durant, Avery souhaita qu'il ne l'ait pas vue ce matin au bureau. Toutefois, son père était allé en prison pour un forfait qu'il n'avait pas commis, elle avait donc appris à ses dépens que souhaiter que les choses changent ne suffisait pas à les faire changer. Et elle n'avait pas renoncé à son plan B : le convaincre qu'un marmot brailleur, baveur et dont il fallait changer les couches détruirait le bel équilibre de sa vie bien réglée. Ce qui demanderait plus de tact et de diplomatie qu'elle ne pouvait en rassembler ce soir.

— Nous avons besoin de discuter encore pour déterminer ce que chacun de nous désire avant de coucher quoi que ce soit sur papier.

Jake sembla étudier sa proposition, puis il hocha la tête.

— Accepté.

Il se dirigea vers la porte. Avery l'accompagna. Ils se dirent au revoir sur le perron. Tandis qu'elle lui souriait, une idée germa dans sa tête. Elle referma la porte. Seule à nouveau, elle réfléchit à la solution qui venait de lui traverser l'esprit.

Si elle ne parvenait pas à lui faire comprendre qu'un bébé n'avait rien à faire dans sa vie de businessman, un plan C était peut-être possible. Mais risqué… Elle pourrait avouer à Jake que son père avait fait de la prison et lui rappeler la boîte de Pandore qui s'ouvrirait une fois que la presse commencerait à creuser dans la vie de la femme enceinte de son enfant. Ni lui ni elle ne désirait un tel éclairage médiatique, et si quelque chose pouvait bien faire détaler Jacob McCallan, c'était l'effrayante perspective d'une campagne de presse négative.

Le plan C présentait juste un petit problème… Quand elle lui parlerait de son père, elle lui donnerait des munitions pour prendre son enfant, ou au moins pour les garder tous les deux à New York. Tout ce qu'il aurait à faire serait de dire au juge qu'il voulait garder son enfant loin de l'ex-détenu qu'était son grand-père. Et même si Avery conservait la garde, elle serait coincée à New York, loin des gens qu'elle voulait aider. Loin des rêves qu'elle avait nourris, et pour la concrétisation desquels elle avait œuvré depuis qu'elle avait quinze ans.

Si le plan C lui explosait au visage, cela pourrait ruiner sa vie.

3.

Le lendemain matin de sa visite chez Avery, Jake lisait une proposition de contrat, assis derrière le bureau en acajou hérité de son père, lorsque trois petits coups frappés à sa porte lui firent lever les yeux. Comme la liste des personnes habilitées à franchir le barrage de sa secrétaire était mince, il lança sans réfléchir : « Entrez ! »

Son frère ouvrit la porte et passa la tête à l'intérieur. Aussi grand que lui et doté des mêmes cheveux noirs, Seth n'avait toutefois pas hérité des yeux bleus de leur mère. Ses iris étaient d'un marron tirant sur le noir, surtout quand il était en colère.

— Je ne te demande pas si tu es occupé, je sais que tu l'es. Mais pouvons-nous parler cinq minutes ?

Jake se recula dans son grand fauteuil en cuir.

— Bien sûr ! Que se passe-t-il ?

Seth marcha jusqu'au siège posé devant le bureau.

— Je suis juste curieux de savoir si tu vas vraiment offrir un poste à maman. Ce serait amusant à voir, mais il y a douze membres au CA, et aucun d'eux n'a envie de nous voir attribuer un bureau et un salaire à des membres de la famille qui ne mettent pas les pieds au bureau.

— Depuis quand te soucies-tu de ce que les administrateurs pensent ?

Seth grimaça.

— Depuis qu'ils ont commencé à me téléphoner parce qu'ils ont peur de ta réaction s'ils remettent en cause ta décision.

— De la même manière qu'ils me téléphonaient quand ils avaient à se plaindre de papa…

Il laissa sa phrase ouverte pour donner à Seth l'occasion de mentionner si les administrateurs lui avaient dit quoi que ce soit sur leur père, dont les pratiques avaient été si douteuses qu'elles avaient frôlé l'illégalité. En dix ans dans l'entreprise, Jake avait réparé la plupart des dégâts causés par leur père, avait pu le convaincre de travailler honnêtement et était allé discrètement faire amende honorable auprès d'entrepreneurs que leur père avait menacé de ruiner.

Cependant, il ne voulait pas que son frère, sa sœur, et encore moins sa mère sachent que Tom McCallan avait été un tricheur et un voleur. Pas tant pour préserver la réputation de son père que pour passer à autre chose. Il ne voulait pas se rappeler que son père avait joué comme un tyran avec ses émotions et celles de Seth, au point que son frère avait presque abandonné leur famille. Il ne voulait pas se rappeler les fois où son père l'avait humilié publiquement. Il voulait juste poursuivre sa vie.

Seth ne rebondit pas ; son visage n'exprimait aucune émotion particulière. Jake poussa un discret et léger soupir de soulagement. Il semblait donc certain que les administrateurs croyaient comme lui, maintenant que Tom McCallan était mort, que le passé était le passé ; et qu'il était temps d'avancer.

— Pete Waters n'aime pas non plus mon idée d'engager maman, expliqua-t-il à Seth. Il pense qu'elle sera plus une gêne qu'autre chose, et qu'elle n'a aucune compétence. Je lui ai parlé ce matin. Je lui ai dit qu'il y avait une possibilité de poste pour elle, mais qu'elle devrait vraiment travailler.

— Comment a-t-elle réagi ? demanda son frère avec une moue dubitative.

— Je crois qu'elle estimait que présider le CA était un dû, et qu'accepter un autre job, aussi intéressant soit-il, serait une régression. J'espère que son voyage à Paris lui fera prendre conscience qu'elle ne veut ni l'un ni l'autre, et qu'elle est tout aussi utile en s'occupant de ses œuvres de bienfaisance.

— Voilà qui rendrait heureux et les administrateurs et Pete !

Jake se pencha en avant et posa les coudes sur son bureau.

— En parlant de Pete, j'ai quelque chose à te dire.

— À son sujet ?

— Non, au sujet d'une avocate de son cabinet avec laquelle je suis sorti.

Seth sourit et lui décocha un clin d'œil complice ;

— La rousse explosive ?

Jake haussa un sourcil. C'était tellement Seth de juger ainsi les femmes sur leur seule apparence ! Néanmoins, il devait bien admettre que son frère avait mis dans le mille : Avery était explosive. La revoir, lui parler de nouveau l'avait ébranlé. Surtout quand il regardait son ventre et se disait que c'était son bébé qui grandissait à l'intérieur. Des émotions inconnues lui avaient enserré la poitrine, tellement fort qu'il n'avait pas posé les questions qu'il aurait dû poser. Ainsi, il n'avait pas abordé le sujet du test ADN, et n'en savait pas plus sur les raisons qui avaient poussé la jeune femme à lui cacher sa grossesse.

— Oui. Elle est enceinte.

La mâchoire de Seth se décrocha sous le coup de l'ébahissement.

— Nom d'un chien ! s'exclama-t-il. De toi ?

— C'est ce qu'elle affirme.

— Pas de test ADN ?

Ce n'était pas son genre d'avouer à quiconque, frère ou pas, l'état de confusion dans lequel l'avait mis le ventre d'Avery. Et cet état avait été causé par la surprise, rien de plus. D'ailleurs, il avait recouvré son empire sur lui-même.

— Nous nous sommes presque rentrés dedans le jour de la Saint-Valentin. Nous étions dans le même *coffee shop*, et ni elle ni moi n'avions de plan pour la soirée. Elle travaille beaucoup. Nous ne nous voyions jamais avant 21 heures. À mon avis, elle n'a pas le temps de voir beaucoup d'hommes. Et je la crois. Elle ne mentirait pas sur un sujet aussi important.

Et c'était l'essentiel : il lui faisait confiance. Non pas

parce qu'elle était honnête, mais parce que la dernière chose qu'elle voulait, c'était qu'il entre de nouveau dans sa vie. Elle l'avait dit très clairement. Si ce bébé n'était pas le sien, elle aurait été heureuse de le lui dire.

— Qu'est-ce que tu vas faire ?

— Premièrement, nous devons trouver un accord acceptable à propos de la garde.

— Tu l'estimes à combien ?

— Elle ne veut pas d'argent.

Seth éclata de rire.

— Sérieusement ?

Jake haussa les épaules.

— Elle est avocate, elle gagne bien sa vie. Et elle a fait un placement immobilier avisé. Sans compter que son but est de retourner vivre en Pennsylvanie, où le coût de la vie est bien moindre qu'à New York. Elle n'a pas besoin de notre argent.

— Maman va avoir un choc !

— Sans blague ! Surtout qu'Avery doit en être à six mois de grossesse.

Il se rappela qu'elle portait son enfant et imagina soudain un petit garçon qui serait le sien. Pas seulement un héritier, mais quelqu'un à qui tout enseigner, du lancer de frisbee à l'art de la négociation. Il n'avait jamais pensé qu'il aurait un enfant. Il n'avait jamais pensé qu'il *voulait* un enfant. Mais il avait besoin d'un héritier, et il voulait être père. Il désirait faire mieux que ce que son père avait fait avec Seth et lui. Et qu'il y parvienne ou non, il voulait faire partie de la vie de ce bébé.

— Six mois et elle t'en parle seulement maintenant ? s'étonna Seth, goguenard. De mieux en mieux ! Tu devrais louer un théâtre et commencer à vendre des places pour le grand spectacle de l'annonce à maman !

— Très drôle ! grimaça Jake, cynique.

Seth se recula dans son siège, l'air soudain sérieux.

— Je vais devenir oncle…

— Je vais devenir père.

Leurs regards s'étaient soudés l'un à l'autre, mais Jake baissa les yeux, soudain mal à l'aise. Les mêmes émotions étranges l'assaillaient, mélange d'exaltation et de peur. Même s'il désirait faire les choses bien avec cet enfant, il réalisait qu'il pourrait tout aussi bien faire pire que leur père.

— Nous sommes devenus adultes, c'est officiel, soupira Seth. Au fait, j'ai été prévenu aujourd'hui que Clark me rachetait mes parts du fonds d'investissement que nous avons créé tous les deux. Il a réussi à réunir l'argent. Dès que c'est signé, je suis libre.

— Cela signifie que tu peux garder le poste de P-DG que j'ai quitté pour devenir président du conseil d'administration ?

— Ai-je le choix ?

— Tu occupes le poste depuis la mort de papa, mais si tu veux le quitter, je peux nommer Sabrina.

Leur petite sœur avait tout comme Seth les diplômes requis. Tandis que celui-ci, qui avait toujours refusé de travailler avec leur père, montait sa propre entreprise, Sabrina dirigeait une société de conseil pour start-up.

— Et ruiner sa vie à elle aussi ? demanda Seth en se levant. Je continue, Jake, mais j'embauche deux assistants et on nomme un vice-président. Je ne veux pas être comme toi enchaîné à mon bureau nuit et jour.

— D'accord.

Jake se leva à son tour et tendit la main à son frère, qui la serra.

— Je crois qu'on est fous tous les deux, affirma Seth.

Si l'on considérait uniquement la charge de travail, Jake était d'accord avec lui. Mais il s'aimait bien ainsi, et était reconnaissant d'avoir eu la chance de restaurer la réputation de l'entreprise McCallan. Maintenant qu'il avait un bébé en route, faire les choses correctement était mille fois plus important. Il accorderait à son enfant une place de choix. À moins qu'Avery Novak ne disparaisse. Elle en était capable. Ils n'étaient pas parvenus à un accord la veille, et elle était assez excentrique pour penser que fuir était la solution.

Or, impossible de la soudoyer. Ni de la rouler. Ils étaient de force égale. Sa seule solution était de l'amadouer.

Presque parvenu à la porte, Seth se retourna.

— Si tu n'y vois pas d'inconvénient, je mettrais bien George Green sur le coup.

Jake haussa les sourcils, étonné.

— Le détective privé ?

— Tu es sorti avec cette fille seulement trois semaines et tu penses ne pas avoir besoin d'un test ADN. Tu n'as pas l'air non plus de te soucier de son déménagement pour la Pennsylvanie. Donc, soit tu es encore un peu amoureux d'elle…

— Je ne le suis pas ! coupa Jake.

— … Soit tu es si heureux de devenir père que ton jugement est obscurci.

— Mon jugement fonctionne très bien, merci ! répliqua Jake d'un ton sec.

Seth ne s'en formalisa pas.

— Laisse-moi appeler George et lui demander d'effectuer quelques recherches dans le passé de Mlle Novak, afin d'être sûrs que tout va bien de ce côté.

Jake secoua la tête, dubitatif.

— Je ne sais pas…

— C'est juste une précaution. On ne sait jamais. Et puis il y a peut-être quelque chose dans son passé qui pourrait t'être utile.

Jake se frotta le menton. Engager un détective privé pour s'assurer qu'Avery était honnête était une chose, mais déterrer des histoires sordides, risquer de ruiner la vie de quelqu'un pour l'obliger à capituler ressemblait tellement à ce que son père aurait fait qu'il hésitait.

— Écoute, maman sera dans tous ses états quand elle apprendra la nouvelle. Si cette histoire t'explose à la figure, elle va devenir incontrôlable. Je le sais et tu le sais aussi. Tu n'es pas le seul à être impliqué.

Jake prit une longue inspiration, tout en jouant nerveusement avec son stylo. Il le lança soudain sur son bureau d'un geste brusque.

— Très bien, contacte George. Mais c'est moi et moi seul qui lui parlerai.

— Super ! J'organise un rendez-vous pour cet après-midi.

— Pas au bureau.

— Chez toi ?

Il hésita de nouveau. Un sombre pressentiment le traversa. Se préparait-il à jouer un sale tour, à la manière de son père, en fouillant le passé d'Avery ? Son intention était de s'assurer qu'il pouvait lui faire confiance, mais si George Green trouvait quelque chose d'accablant sur elle ? Devrait-il lui prendre son enfant ?

Il se reprit. Même si Waters, Waters & Montgomery avaient enquêté sur Avery avant de l'engager, il connaissait à peine la femme qui portait son enfant. Il n'y avait donc rien de mal à prendre quelques précautions. De plus, Seth avait raison : leur mère était fragile. Leur père était peut-être mort depuis cinq mois, mais elle avait toujours du mal à accepter cette perte. Ils n'avaient pas besoin d'un scandale dans leur vie en ce moment.

— Dis-lui de me retrouver chez moi vers 18 heures.

Il serra les poings. Ce n'était pas parce qu'il engageait George Green pour vérifier la probité d'Avery qu'il devenait aussi machiavélique que son père, si ?

4.

À peine refermée derrière elle la porte de son bureau, Avery sortit son téléphone pour appeler sa mère.

La nuit précédente, elle avait été incapable de trouver le sommeil. Après des heures passées à se tourner et se retourner dans son lit, elle avait compris qu'elle s'était persuadée à tort qu'elle contrôlait la situation parce qu'elle avait un plan A, un plan B et un plan C. Or Jake McCallan était bien trop malin et prudent. Avoir couché avec elle une dizaine de fois était une chose, apprendre qu'elle était la mère de son enfant en était une autre. S'il n'avait pas jusqu'ici fouillé son passé, il allait le faire maintenant. Et une fois qu'il l'aurait fait, son plan C tomberait à l'eau aussi sûrement que son plan A, et son plan B n'aurait plus aucune chance de réussir.

Mais pour l'instant, sa priorité restait d'avertir sa mère. Elle appuya sur son écran. Sa mère décrocha au bout de deux sonneries.

— Salut, maman !

— Avery ! Quelle bonne surprise ! Que se passe-t-il ? Tu ne m'appelles jamais en semaine.

Elle grimaça. Elle n'aimait pas rouvrir les anciennes blessures, mais elle ne laisserait pas sa mère se faire prendre par surprise.

— J'ai l'intuition que des gens vont venir te voir pour te poser quelques questions à mon sujet.

— Comme les détectives privés qui sont venus enquêter sur toi quand tu as été engagée dans ton cabinet d'avocats ?

— Oui.

Avery tiqua. Quelle idiote ! *Ce sont tes hormones qui te rendent lente et stupide ?* Jake n'avait pas besoin d'engager un détective privé pour vérifier son passé. Tout ce qu'il avait à faire était de demander à Pete Waters ! Mais là où Waters, Waters & Montgomery considéraient que c'était un avantage d'employer une femme dont le père avait été injustement condamné, parce que ça la motivait à travailler dur pour leurs clients, tout ce que Jake verrait, c'était que son père était allé en prison. Et il pourrait s'en servir contre elle…

Elle marcha jusqu'aux archives. Au moins, la grande pièce vitrée recevait de la lumière, contrairement à son bureau – ceux des simples collaborateurs comme elle n'avaient pas de fenêtre. C'était sa place, celle d'une personne insignifiante dans un monde bien trop grand. Un monde qui devenait fou. Et elle n'avait aucun moyen de combattre cette folie. Elle ferma les yeux et serra fort les paupières.

— C'est une catastrophe, maman. Les ennuis qu'a eus papa vont remonter à la surface.

— Ma chérie, dit doucement ta mère, nous vivons avec ce passé chaque jour. Toute la ville sait que ton père est allé en prison, mais en est sorti quand l'association Projet Liberté a prouvé qu'il avait été victime d'un coup monté. Alors, si quelqu'un vient nous interroger, c'est sans importance.

— D'accord.

— Cela ne signifie pas que nous ne soutenons pas ton projet de cabinet juridique. Ton père a connu l'enfer pendant six ans, et nous ne voulons pas que cela arrive à d'autres innocents.

— Moi non plus.

— Nous sommes fiers de toi, tu sais…

Avery ravala un sanglot. Elle expira lentement.

— Merci.

Elle avait résolu un problème, mais tant d'autres restaient en suspens, avec lesquels elle ne souhaitait pas accabler sa mère.

— Et ce… Ce détective qui va venir nous poser des questions, est-ce qu'il… Est-ce que c'est en lien avec ton bébé ?

Avery se mordilla la lèvre. Elle aurait dû savoir que sa mère ne serait pas dupe.

— Son père et moi nous sommes croisés par hasard. Il a vu que j'étais enceinte et en a tiré les conclusions.

— Tu penses qu'il va fouiner dans ton passé pour essayer de trouver de quoi faire pression sur toi à propos de la garde ?

— C'est possible. Ou pour me forcer à rester à New York.

— Mon Dieu…

L'affolement dans la voix de sa mère ranima les peurs d'Avery.

— Il pourrait ruiner tous mes plans.

— Vous pourriez peut-être trouver une solution ensemble, non ?

Plus elle y pensait et plus Avery en doutait. Mais pour apaiser sa mère, elle répondit oui.

— Tout ce dont tu as besoin, c'est d'un peu de confiance. Si tu lui parles de ton père, cet homme n'aura pas besoin d'envoyer un détective à Wilton. Il verra alors que tu es quelqu'un d'honnête et cela facilitera les négociations.

Avery éclata de rire.

— Je n'ai jamais rien entendu d'aussi optimiste de toute ma vie !

— Chérie, il le découvrira de toute façon. Et si tu ne lui en parles pas avant, cela pourrait, quand il apprendra la vérité, le rendre suspicieux envers toi, ou même furieux que tu lui aies caché une information aussi importante. Lui parler pourrait être la première pierre d'une relation de confiance entre vous, non ?

Sa mère semblait tellement sûre de ce qu'elle avançait que, durant une seconde, les certitudes d'Avery vacillèrent.

— Je ne sais pas…

— Ton père et moi ne nous dérobons pas. Tu devrais en faire de même. Fais face.

S'il s'agissait de n'importe qui d'autre que Jake McCallan, Avery aurait été capable de rassembler assez d'optimisme pour tenter le coup. Comme elle savait que sa mère n'aurait de cesse que de la persuader tant qu'elle n'aurait pas abdiqué, Avery décida de lâcher du lest :

— Je vais y réfléchir.

De retour dans son bureau, Avery tint la promesse faite à sa mère et envisagea la possibilité de parler de son père à Jake.

Si celui-ci découvrait le passé de son père, elle pourrait se défendre et le défendre, par exemple en citant des extraits du jugement qui lui avait rendu sa liberté. Mais le dire à Jake d'elle-même ? Lui expliquer que son père avait été piégé par un collègue de travail dont la femme était malade, collègue qui aurait pu le faire libérer le jour où sa femme était morte mais avait attendu d'être sur son lit de mort pour confesser son crime ? Lui expliquer les semaines et les mois d'attente, les procédures, les recours, les appels ? Lui expliquer que Paul Barnes, l'ancien patron de son père, s'était opposé à une révision du procès ? Avait sans doute soudoyé un juge ? Ce serait l'un des moments les plus pitoyables de sa vie. Or, elle était une battante, pas une mendiante.

Néanmoins, sa mère avait raison : Jake allait découvrir la vérité. Très vite. Et si elle pouvait mettre un mouchoir sur son orgueil et tout lui raconter, cela *pourrait* amener un peu de confiance entre eux. Ensuite, il lui serait possible de passer au plan C en rappelant à Jake que les médias allaient faire leurs choux gras de cette histoire, et qu'avoir le bébé de la fille d'un ex-détenu dans sa vie allait sérieusement la compliquer. C'était risqué, mais peut-être moins que laisser Jake apprendre la vérité de la bouche d'un détective…

Avery secoua la tête et décida de se plonger dans le labeur pour se vider le cerveau de ce dilemme. Elle travaillait depuis une bonne heure quand son téléphone portable vibra sur son bureau. L'écran lui annonçait que c'était Jake qui cherchait à la joindre. Elle prit une grande inspiration et répondit.

— Bonjour, Jake.

Il ne prit même pas la peine de la saluer et alla droit au but :

— J'aimerais terminer la discussion commencée hier soir. Je te propose de dîner ensemble chez Charles Prime ce soir.

Elle expira lentement. Elle ne voulait pas se disputer avec

Jake ni le contrarier, mais si elle devait lui parler de son père, elle ne voulait pas aller au restaurant. Surtout pas chez Charles Prime, un établissement select où dînaient nombre de célébrités et de membres de la jet-set new-yorkaise, et devant l'entrée duquel traînaient de nombreux paparazzis à l'affût. Il leur suffirait d'un simple regard pour comprendre que le rendez-vous de Jacob McCallan était enceinte, et devenir fous.

— On serait peut-être mieux dans un café, non ? Un endroit plus discret.

Le silence s'étira. Avery se doutait que Jake n'était pas ravi qu'elle veuille lui faire changer ses plans.

— Je n'ai pas très envie de me cogner dans les photographes qui font le piquet devant ce restaurant si chic que tu apprécies tant.

— Très bien, finit par soupirer Jake.

Ils se donnèrent rendez-vous dans un *coffee shop* puis raccrochèrent. Avery était à la fois soulagée et terrifiée. Soulagée d'avoir l'opportunité de discuter avec Jake, terrifiée à l'idée que cette discussion pourrait mal tourner…

À 21 heures, Avery arriva devant l'immeuble en briques qui abritait le *coffee shop*. De grandes fenêtres donnaient sur la rue. L'endroit était bondé. Sur la gauche, au bar, des gens bavardaient ; sur la droite, dans de petits boxes, les clients étaient confortablement installés dans de grands sièges confortables. Elle entra et chercha Jake du regard. Elle finit par le trouver assis à une petite table en bois pour deux, au fond de la salle. Jake-les-bonnes-manières ne s'autoriserait jamais à s'installer dans un grand box prévu pour quatre ou six personnes alors qu'il était seul, et pourtant Dieu sait qu'elle aurait adoré couler son corps fatigué dans un de ces fauteuils d'aspect si accueillants !

Elle se força à se souvenir que sa mère avait raison, se prépara mentalement pour la discussion et s'approcha de Jake.

— Salut.

Il se leva. Un pantalon parfaitement coupé et une chemise bleu pâle près du corps mettaient en valeur son corps athlétique. Avery en avait l'eau à la bouche, mais elle devait se calmer, ne pas s'attarder sur son charme, son aura, ne pas penser comme il serait facile de déboutonner sa chemise et de poser les mains sur son torse musclé, ses pectoraux d'acier.

Elle se força à respirer calmement.

— Je te commande un café *latte* ?

Elle secoua la tête.

— Je prendrai un jus de fruits frais. Je ne peux pas boire de café. Un autre effet secondaire indésirable de la grossesse.

— Un *autre* ?

Avery ne comptait pas lui avouer que depuis qu'elle était enceinte, un rien l'excitait, et que par exemple rien qu'en le regardant, elle avait envie de lui arracher sa chemise.

— Tu serais surpris de savoir ce qui se passe dans un corps de femme enceinte…

Il se contenta d'un demi-sourire poli et partit vers le bar lui chercher son jus de fruits. Lorsqu'il revint avec sa boisson, il lui demanda si elle avait des nausées matinales.

— C'est horrible, acquiesça-t-elle.

— Cela ne dure pas que les trois premiers mois ?

Il avait potassé. Ce qui fit songer à Avery que s'il n'était pas déjà au courant pour son père, cela ne saurait tarder.

— Si, mais certaines choses les provoquent de nouveau.

— Comme quoi ?

— Tu vas rire, mais certains dentifrices me laissent à l'article de la mort.

Il la fixa droit dans les yeux.

— Vraiment ?

— J'ai fait quatre marques avant de trouver de quoi me laver les dents !

Il rit. Elle roula des yeux.

— Considère-toi comme très chanceux : ta participation à la création de ce bébé a été bien plus agréable !

Jake rit de nouveau et Avery pria en silence pour que son courage ne l'abandonne pas. Elle n'avait jamais vu Jake aussi détendu. Peut-être n'aurait-elle jamais une autre opportunité de lui raconter ce qui était arrivé à son père. Elle se recula sur sa chaise et se tint droite, rassemblant ses forces.

— Mais c'est l'adorable et si talentueux Jake McCallan ! s'exclama une voix féminine, juste au moment où Avery allait se lancer.

Elle tourna la tête et découvrit une magnifique blonde plantée à côté de leur table.

— Que veux-tu, Sabrina ? grommela Jake.

La blonde lui sourit.

— Rien, répliqua-t-elle, avant de jeter un regard à Avery. C'est juste que je te vois rarement ailleurs que derrière ton bureau, ou une fois par semaine pour dîner chez maman.

Avery fronça les sourcils. *Chez maman ?*

— Avery, je te présente ma sœur, Sabrina. Sabrina, voici Avery Novak. Elle travaille chez Waters, Waters & Montgomery.

Sabrina lui tendit la main. Avery s'était figée. Comme par hasard, la sœur de Jake se trouvait dans le *coffee shop* où ils avaient décidé une dizaine d'heures auparavant de se retrouver ?… En état de choc, elle saisit la main de Sabrina et la lui serra. La politesse aurait voulu qu'elle se lève, mais cela aurait exposé son ventre. Pour autant qu'elle sache, Jake n'avait rien dit à sa famille. Et une fois que la nouvelle serait connue, elle se répandrait comme une traînée de poudre. Il deviendrait alors très difficile de laisser Jake en dehors de l'histoire.

Seigneur… Pourquoi pensait-elle pouvoir lui faire confiance ? Il l'avait probablement dit à toute sa famille, pourquoi sa sœur serait-elle là, sinon ? Comment pourrait-elle lui expliquer la situation de son père en pensant qu'il l'écouterait ? En pensant qu'il garderait ça pour lui et lui donnerait ce qu'elle voulait ? Il ne le ferait pas. Il valait mieux que l'histoire de son père sorte au tribunal lors d'une bataille pour la garde, où les preuves pourraient parler d'elles-mêmes.

Peut-être que ses avocats les déformeraient comme Paul Barnes avait obtenu du procureur qu'il déforme la preuve de l'innocence de son père pour en faire l'histoire d'un collègue qui n'avait avoué qu'après sa mort pour faire sortir son ami de prison.

Zut ! Zut ! Zut et zut !

Elle ne pouvait pas gérer cela maintenant, surtout pas en présence de la sœur de Jake. Elle se leva vivement et prit son sac.

— On parlera une autre fois, Jake.

Le cœur battant la chamade, elle sortit précipitamment et se retrouva dehors, dans la chaleur de cette première soirée de septembre. Comment la situation pouvait-elle avoir dégénéré à ce point ? Elle était en colère. Si elle ne pouvait se fier à Jake pour ne rien dire à personne tant qu'ils n'auraient pas trouvé un accord, comment lui faire confiance sur tous les autres sujets ?

Soudain, une main lui agrippa le bras. Avery fit volte-face, certaine de se retrouver face à Jake.

C'était lui, en effet, l'air sombre, les mâchoires serrées.

— Et maintenant quoi ? s'emporta-t-elle. Tu as prévu une interview avec un reporter du *New Yorker* ? On va dans les studios d'ABC enregistrer *Good Morning America* ?

— Arrête, Avery ! Je n'ai pas dit à Sabrina de venir.

— Tu penses vraiment que je vais croire que c'était une coïncidence ?

— C'en était une ! Ne sois pas stupide, c'était ma sœur, pas une petite amie !

— J'aurais préféré que ce soit une petite amie !

Il fit un pas vers elle.

— Vraiment ?

Son parfum épicé et viril réveilla ses hormones de grossesse. Avery ignora les messages que lui envoyait son corps.

— Tu peux fréquenter qui tu veux.

— Je vais devenir père, inutile de compliquer la situation. Je ne veux fréquenter personne.

— Tu devrais peut-être. Il faut nous rendre à l'évidence : même quand nous essayons de nous entendre, nous nous disputons. Nous sommes l'eau et le feu. Nous ne parviendrons jamais à nous entendre sur la garde du bébé. Cela va finir au tribunal.

— Parce que tu as l'intention de rester butée ?

— Parce que j'avais un plan. Tu ne me croiras peut-être pas, mais j'adore planifier. J'aime l'ordre. Ce n'est pas parce que je ne le dis pas avec une voix calme, posée, que je…

Avery se tut brusquement. Jake l'avait attrapée par le biceps et attirée contre lui. Pendant de longues secondes, ils restèrent face à face, leurs regards rivés l'un à l'autre. Ses seins étaient contre son torse, son ventre rond contre le sien. Elle eut soudain *très* chaud… Les émotions tourbillonnaient dans les yeux bleus de Jake. Elle était certaine que son intention avait été de l'interrompre d'un baiser, puis qu'il avait senti son ventre – leur bébé – et s'était ravisé. Refroidi. Son corps, son esprit mais pas ses yeux cependant. Elle y lisait de la confusion, de la peur, de la colère, de la surprise mais aussi… Non, elle se faisait sûrement des idées…

5.

Jake lâcha le bras d'Avery et recula pour s'écarter de la tentation que représentait la bouche de son ex. Il avait eu si désespérément envie de l'embrasser… Il avait voulu la faire taire en lui saisissant le bras, puis plonger dans son regard dans ses yeux lui avait rappelé des souvenirs torrides et il avait failli poser les lèvres sur les siennes. Mais quand il avait pris conscience de son ventre comme une barrière entre eux, cela avait été comme si son esprit explosait, et son corps s'était raidi. Il avait alors suspendu son geste.

— Eh bien, voilà qui était intéressant…, dit-il.

Avery haussa les épaules.

— Rien d'extraordinaire. Comme tu l'as dit toi-même, notre relation n'a tenu que parce que nous nous entendions bien au lit. Nous sommes habitués à nous toucher, et quand nous le faisons, cela provoque des étincelles.

— C'est l'intensité de ces étincelles qui compte.

Jake se tut, recula d'un autre pas. Il ne voulait pas aborder la question des émotions, pas plus celles que provoquait la proximité d'Avery que celles générées par le bébé à venir et dont il avait perçu la présence avec acuité.

— La rencontre avec Sabrina était vraiment une coïncidence, reprit-il, désireux de changer de sujet.

Elle soupira, puis regarda ailleurs, comme si elle réfléchissait. Ses longs cheveux roux brillaient et Jake luttait pour ne pas les caresser ; pour ne pas tendre la main et la toucher, comme pour vérifier qu'il ne rêvait pas, qu'elle portait bel et bien son enfant. Ce serait une erreur, songea-t-il. Une faiblesse qu'il ne pouvait pas se permettre avec elle.

Quand leurs regards se croisèrent de nouveau, il n'y avait plus de traces de colère dans le sien.

— Nous sommes tous les deux un peu trop nerveux, dit-elle. Méfiants l'un vers l'autre. Pas sûrs de la manière dont nous devons faire face à cette situation. Nous devrons choisir avec plus de soin l'endroit où nous nous rencontrerons, la prochaine fois.

— Ne devrions-nous pas nous voir chez toi ou chez moi ?

— Chez moi, affirma-t-elle. On ne sait jamais qui se cache dans les fourrés en bas de chez toi. Et…

Elle s'interrompit et le fixa avec une intensité qui aurait pu effrayer n'importe quel homme, mais le fit presque éclater de rire. Il comprenait mieux que jamais pourquoi Pete Waters la considérait comme sa meilleure collaboratrice. Un regard aussi terrifiant devait pouvoir intimider n'importe quel témoin, et sûrement aussi quelques juges. Puis elle jeta un coup d'œil autour d'eux et reposa le regard sur lui.

— … On ne se touche plus en public. On ne sait pas qui a pu nous voir.

— Bien sûr.

Avery s'éloignait déjà.

— Je note que tu n'as rien dit à propos des ruelles, des voies privées, ni même du hall de ton immeuble, lança-t-il en élevant la voix.

Qu'elle puisse si facilement partir, lui reprendre ainsi le contrôle de la situation, l'agaçait prodigieusement. Elle ne s'était pas retournée, n'avait pas relevé, mais un rire lui échappa. Elle l'avait donc entendu. Et il lui faisait encore un peu d'effet, même si c'était une simple réaction à un trait d'humour. C'était déjà ça…

En repassant devant le *coffee shop*, Jake faillit heurter sa sœur, qui en sortait.

— Maman va piquer une crise, lâcha-t-elle.

L'amusement qu'il avait ressenti en taquinant Avery s'évanouit d'un coup.

— Tu vas le lui dire, n'est-ce pas ? reprit sa sœur.

— Un de ces jours…

— Un de ces jours ? ! s'emporta Sabrina. Cette femme est enceinte d'au moins six mois ! Tu attends quoi ? D'être à la maternité et d'appeler maman pour lui annoncer que c'est un garçon ?

— J'aimerais bien un garçon.

Il le pensait vraiment. Quelqu'un à qui enseigner tout ce qu'il savait. Quelqu'un qui hériterait de tout ce pour quoi il avait travaillé. Maintenant qu'il s'habituait à l'idée de devenir père, cette pensée le remplissait d'un plaisir indescriptible. Si Avery et lui n'avaient pas été le pire des couples possibles, il pourrait penser que c'était la providence. Un signe qu'ils étaient destinés à être ensemble. Même si ce n'était pas un destin *romantique*, cela pouvait quand même être le destin. Qui peut-être ne lui offrait pas la femme de sa vie mais seulement un héritier.

— As-tu au moins écouté ce que je te disais ? s'agaça Sabrina.

De retour au réel, Jake soupira.

— Oui, j'ai entendu. Tu estimes que je devrais prévenir maman.

— Bientôt.

— D'accord, bientôt.

Mais plus il pensait au destin et aux héritiers, plus il se rendait compte qu'il devait parler à Pete Waters. Avery Novak n'était pas seulement intelligente, elle était sexy et imprévisible. Et il avait déjà failli faire un faux pas – il l'avait presque embrassée. Il devait se renseigner dès le lendemain matin sur ses droits parentaux avant de s'embrouiller de nouveau avec elle.

Quand il sortit de la salle de bains, Jake crut que son téléphone allait exploser tellement il vibrait et clignotait. Il avait treize messages de Pete, le premier avait été laissé une vingtaine de minutes auparavant, à 5 heures, alors que

Jake entrait sous la douche. On aurait dit que Pete avait continuellement appuyé sur la touche de rappel. Lorsqu'il saisit l'appareil pour rappeler son avocat, celui-ci l'avait devancé. Il décrocha.

— Tu es devenu fou ? lança Pete tout à trac, sans même lui dire bonjour.

— Nous savons tous les deux que non.

— Alors pourquoi y a-t-il une photo de toi avec Avery Novak dans le journal ? Tu es le père de son enfant ? demanda-t-il en élevant la voix.

Jake ferma les yeux et serra les paupières.

— Oui.

— Nom d'un chien ! Quand elle m'a annoncé être enceinte, elle m'a dit qu'elle n'avait aucune intention d'épouser le père de son enfant et qu'elle allait retourner en Pennsylvanie après l'accouchement.

— Ce n'est pas un problème.

— C'en sera un pour ta mère !

Il ne l'ignorait pas. Mais pour le moment, ce qui le préoccupait, c'était la photo d'Avery et lui dans le journal. Sur laquelle sa mère ne devait pas tomber…

— Très bien. Je pars pour Paris ce soir et non demain et je lui dis tout.

Il fit une pause. Une idée venait de lui traverser l'esprit. Avery était responsable de ce désordre. Il n'irait pas seul à Paris…

— Et considère qu'Avery est en congé jusqu'à la semaine prochaine, ajouta-t-il.

— Elle est peut-être en congé pour tout le reste du mois, Jake ! Je ne peux plus la laisser travailler sur aucun dossier qui te concerne de près ou de loin. Tu te rends compte que d'une manière ou d'une autre, vous allez être en conflit pour le droit de garde, non ? Il y aura conflit d'intérêts si elle pose seulement les yeux sur un document qui te concerne, concerne ta famille ou l'entreprise McCallan !

— Je sais. Tu dois me laisser un peu de temps pour rassembler mes esprits, Pete. J'ai appris la nouvelle il y a deux jours. Je commence à peine à avoir une vue d'ensemble de la situation. Ce que j'attends de toi, c'est une synthèse de mes droits et de mes options.

— Le genre de tâche que je délègue habituellement à Avery, soupira son avocat. Quel bazar !

— Nous devons juste garder la tête sur les épaules et gérer cela avec sang-froid.

— D'accord, d'accord, souffla Pete. Je te fais préparer un mémo.

La conversation terminée, Jake appela son chauffeur, puis il s'habilla rapidement. Il ne choisit pas un costume mais un jean, une chemise et un blazer bleu marine. Lorsqu'il sortit dans la rue, sa limousine l'attendait le long du trottoir.

Vingt minutes plus tard, il frappait à la porte d'Avery.

Avery lui ouvrit, vêtue d'un pantalon noir et d'une jolie blouse couleur pêche qui mettait en valeur ses longs cheveux roux.

— Je ne sais pas ce que tu veux, mais si cela prend plus de deux minutes, je serai en retard au bureau, lança-t-elle.

Elle recula d'un pas. Jake entra.

— Tu ne travailles pas, aujourd'hui. Tu te souviens comme tu étais inquiète hier à l'idée que quelqu'un puisse nous surprendre ?

Elle croisa les bras sur sa poitrine.

— Tu avais raison de l'être, poursuivit-il. Un journaliste de *La Gazette* a pris une photo de nous. Nous sommes dans le journal.

— Oh non…, gémit-elle.

Elle se laissa tomber dans un fauteuil.

— Ma mère est à Paris. J'avais prévu d'y aller pour le week-end, mais j'ai prévenu Pete que nous partions aujourd'hui pour informer ma mère avant qu'elle ne voie l'article sur Internet ou que quelqu'un le lui envoie.

Elle écarquilla les yeux, comme si elle voyait un fantôme.

— Tu… Tu as dit à mon patron que mon enfant était de toi ?

— Non. *Mon avocat* a vu la photo dans le journal et m'a téléphoné.

— Il m'envoie à Paris avec toi ?

— C'est mon idée.

Elle bondit de son fauteuil et attrapa son attaché-case.

— Alors je ne viens pas ! J'ai un boulot.

— Certes, mais tu es déchargée de tout ce qui a trait à l'entreprise McCallan, lui annonça Jake.

Il crut une seconde qu'Avery allait se trouver mal. Elle avait pâli. Son attaché-case glissa au sol.

— Pete affirme que cela relèverait du conflit d'intérêts.

Avery releva la tête, une expression de défi dans les yeux, et lui fit face, les mains sur les hanches.

— Il y a plein d'autres dossiers sur lesquels je peux travailler. Le cabinet s'occupe de cas qui ne concernent en rien ton entreprise. Je préfère m'occuper de ceux-là, de toute façon.

— Tu verras ça avec Pete quand nous serons rentrés. Mais avant, nous devons informer ma mère. Et je t'arrête tout de suite, ajouta-t-il en levant la main alors qu'Avery allait lui répondre, je ne monte pas seul au front. *Tu* m'as caché la nouvelle pendant six mois, tu as donc une part de responsabilité dans cette situation. Je suis sûr que tu avais de bonnes raisons de le faire, là n'est pas la question. Mais nous sommes tous les deux ses parents. Si nous voulons prendre les bonnes décisions pour l'avenir de notre enfant, nous devons être soudés dès le début.

Avery dévisagea longuement Jake. Même si elle voulait protester, elle comprenait son point de vue. Ils devaient commencer à agir comme des parents. Soudain, elle comprenait aussi ce qu'avait voulu dire sa mère quand elle affirmait qu'ils avaient besoin de faire un pas l'un vers l'autre pour se faire un peu confiance. Si elle en faisait un vers lui dès maintenant, cela pourrait jeter les bases d'une coopération. Ou alors être la première étape d'une négociation ?

— Je veux conclure un accord.

Les yeux de Jake s'ouvrirent tout grand.

— Un accord ?

— Je viens à Paris avec toi si tu acceptes de ne pas utiliser le passé de mon père contre moi quand nous négocierons la garde de notre enfant.

— Quelque chose que ton père aurait fait ? Quelque chose de mal ?

— Nous avons un accord ou pas ?

— C'était un tueur en série ?

— Il n'a rien à se reprocher.

— Il n'a rien fait de mal, mais les gens pensent le contraire, c'est ça ?

— Oui.

— Il a été injustement accusé de quelque chose ?

— Il a été jugé et condamné. Il a passé six ans en prison. Un jour, un de ses collègues a avoué qu'il l'avait piégé. Il y a eu assez de preuves pour faire libérer mon père.

Elle pointa sa montre avant de reprendre :

— L'heure tourne. Si tu refuses mon accord, je vais travailler. Mon père est innocent comme l'enfant qui vient de naître. Un des plus chics types qu'on puisse rencontrer. Ce ne serait pas juste de faire resurgir son passé. Si tu le faisais, cela ne donnerait pas une très bonne image de toi.

— Oui, j'imagine, acquiesça-t-il avec une étrange expression sur le visage. Alors, tu viens à Paris avec moi si je ne déterre pas le passé de ton père, c'est ça ?

— Oui.

— D'accord.

Le soulagement envahit Avery. Ce n'était pas exactement l'aboutissement d'un de ses plans, mais elle venait de remporter une victoire significative.

— Laisse-moi cinq minutes pour préparer deux trois affaires et je te suis.

Elle jeta dans son sac de sport éraflé une robe et assez

de jeans, de T-shirts et de sous-vêtements pour un jour ou deux. Puis elle y ajouta une trousse de toilette et le referma. En le passant en bandoulière, elle capta son reflet dans le grand miroir en pied. Elle grimaça. On aurait dit que son sac avait survécu à une guerre. Comme la plupart de ses biens personnels, songea-t-elle. Elle vivait dans un bel appartement et dans un beau quartier, mais c'était seulement un investissement financier. Une fois de retour en Pennsylvanie, elle vivrait dans une petite maison dans une petite ville, et la plupart de ses biens seraient consacrés à son cabinet.

Elle aurait toujours de quoi s'occuper de son enfant, mais il ne vivrait certainement pas dans le luxe. Son appartement et les coûteux vêtements qu'elle portait chez Waters, Waters & Montgomery auraient pu faire croire à Jake qu'elle était plus aisée qu'elle ne l'était vraiment, mais elle ne serait pas capable de lui cacher longtemps la vérité.

Le soulagement qu'elle avait ressenti quelques minutes auparavant s'évanouit. Amener Jake à accepter de ne pas utiliser le passé de son père était une victoire, mais il y avait tellement d'autres choses qu'il pouvait utiliser. Tellement d'autres moyens de la garder à New York, détruisant le but qu'elle s'était fixé depuis l'adolescence…

Jake et elle prirent l'ascenseur et sortirent dans la rue. Le jour se levait, faisant vaciller l'éclairage nocturne dans un gris blanchâtre. La ville s'éveillait. Ils s'installèrent dans la limousine, qui démarra.

— Je t'ai fait te presser et je ne suis même pas sûr que tu aies pris un café, dit Jake en lui souriant.

— Je ne peux pas boire de café, tu te souviens ?

L'angoisse montait peu à peu en elle. Les McCallan étaient habitués à prendre des limousines ; comment pourraient-ils laisser son enfant emprunter le bus scolaire ou aller à l'école publique ?

— Ah oui, c'est vrai. Désolé. J'ai des jus de fruits, si tu veux.

— Je veux bien un jus de pomme si tu en as.

Jake ouvrit la porte d'une sorte de console. S'y trouvaient trois bouteilles de jus d'orange. Il grimaça.

— On peut s'arrêter quelque part, si tu veux, proposa-t-il.

— Non, ça ira. On verra à l'aéroport.

Il sortit son téléphone de sa poche.

— Nous n'allons pas à l'aéroport. Notre jet privé est stationné sur un aérodrome.

Il appuya sur une touche, quelqu'un lui répondit aussitôt.

— André ? Merci de vous assurer qu'il y aura du jus de pomme à bord du jet. Et…

Il capta le regard d'Avery.

— … Des œufs ? Du bacon ? Des céréales ? Des flocons d'avoines ?

L'estomac d'Avery réagit par un petit gargouillis. Il serait stupide de faire semblant de ne pas avoir faim, se dit-elle.

— Du bacon, des œufs et des toasts, ce serait formidable.

Avery n'avait pas imaginé qu'un jet puisse être aussi luxueux. Cela ne fit qu'amplifier ses craintes. Jake lui montra une porte située vers l'arrière.

— La cuisine se trouve là. Ensuite, il y a deux petites chambres. Et ça, dit-il en pressant un bouton, c'est la télévision.

Un immense écran apparut. Seigneur… Elle n'était pas sortie assez longtemps avec Jake pour se rendre compte de l'étendue de sa fortune, même si ce qu'elle en avait vu l'avait déjà effrayée. Et bien sûr, elle n'avait pas encore rencontré sa mère. Si elle pensait pouvoir contrôler la situation avec Jake, l'amener à rendre visite à leur enfant en Pennsylvanie, ne jamais le faire venir chez lui, dans son jet ou dans le penthouse familial de trois étages en face de Central Park, elle se leurrait.

Elle songea soudain qu'elle allait être complètement dépassée.

6.

Le brouillard les empêcha de décoller avant 9 heures. Le cuisinier de Jakc profita de ce contretemps pour leur préparer un petit déjeuner et quelques sandwichs pour le déjeuner, puis il quitta l'appareil. Amusé, Jake observa Avery manger comme une ogresse. Il réfléchissait à la manière la plus maligne de traiter avec elle. Il avait réussi à la faire venir à Paris avec lui pour parler à sa mère. Il n'aurait jamais utilisé la condamnation de son père contre elle, mais le fait qu'elle lui ait dit quelque chose de personnel était un premier pas important. Peut-être pourraient-ils durant les huit heures de vol parler davantage, ouvrir des portes ?

Dès qu'ils purent détacher leurs ceintures, après le décollage, il s'installa sur le sofa, assez près d'Avery pour qu'ils puissent parler mais pas trop afin de ne pas l'effrayer. À son grand désappointement, elle ouvrit son attaché-case.

— Qu'est-ce que tu fais ? demanda-t-il.

— M'absenter du bureau signifie que je vais prendre du retard dans mon travail. Or je ne peux pas me le permettre.

— Si cette histoire de conflit d'intérêts est vraie, ta somme de travail a dû sérieusement diminuer, non ? Quelques jours de congé ne changeront rien. Alors pourquoi ne pas te détendre un peu ?

— Parce que j'ai besoin de ce travail. Je veux prouver à Pete qu'il peut encore compter sur moi. Je me reposerai après l'accouchement.

— Et moi je pense que tu devrais profiter de ce temps libre.

— Ne me dis pas que tu ne vas pas travailler durant ce long vol !

— Eh bien non.

Et pourtant, il devrait. Mais il n'avait emporté aucun dossier. Même dans la précipitation, après avoir découvert qu'Avery et lui étaient dans le journal, il aurait dû y penser. L'adrénaline en pensant à la réaction de sa mère si elle tombait sur l'article, puis la nécessité de convaincre Avery de l'accompagner lui avaient fait oublier le travail. Il ne se souvenait pas avoir négligé sa vie professionnelle à cause d'une femme…

Avery avait enlevé son blazer noir. La couleur pêche de son chemisier mettait en valeur le roux de ses cheveux. Son teint rayonnait. Elle était magnifique. Sa peau pâle était probablement la plus douce qu'il ait jamais touchée. À ce souvenir, le désir bouillonna dans ses veines. Peut-être après tout n'était-il pas dans le meilleur état d'esprit pour négocier un droit de visite…

Il s'éclaircit la gorge.

— Sur quoi travailles-tu ?

— Tu as déjà entendu parler du secret professionnel ? répliqua-t-elle sans même lever les yeux du dossier qu'elle avait posé sur ses cuisses.

— Je suis ton client.

— Tu n'es pas *ce* client !

Froissé, Jake alluma la télévision. Ce serait toujours mieux que fixer la tête penchée de sa compagne de voyage. Elle leva la tête, le regard assassin.

— J'essaie de me concentrer, au cas où tu ne l'aurais pas remarqué. Je suis certaine qu'il y a la télévision dans une des chambres.

En effet. Mais Jake n'avait pas vraiment envie de regarder quoi que ce soit. Il souhaitait juste lui parler. Avery le perturbait, et il voulait tirer cela au clair. Il détestait laisser les choses en suspens. Un courant de nervosité courut le long de sa peau au souvenir d'une phrase que son père avait l'habitude de répéter : « Les gens désespérés font des erreurs ; n'entame jamais une négociation en étant désespéré. »

Il serra les dents. Il détestait l'idée qu'il pouvait ressembler un tant soit peu à son père, et encore plus se rendre compte que celui-ci pouvait avoir eu raison. La grossesse d'Avery le secouait. À la perspective de devenir père, il était à la fois effrayé et excité. Avery était très différente de lui, et obstinée. Elle ne remettrait pas en question ses plans. Elle était également magnifique. Tout cela n'aidait pas Jake.

Il pointa du doigt son ordinateur portable, resté éteint dans son attaché-case.

— Je peux l'utiliser ?

Avery lui décocha un sourire narquois.

— Tu n'as pas emporté de travail, n'est-ce pas ?

— Non. J'ai bêtement imaginé qu'on discuterait, répliqua-t-il avec ironie.

Elle saisit l'ordinateur, l'alluma puis commença à taper sur le clavier.

— C'est vraiment mesquin de faire semblant d'en avoir besoin, la provoqua Jake.

— Je te crée un profil, pour que tu n'utilises pas le mien et n'aies pas accès à mes documents.

— Tes documents ne m'intéressent pas. Je ne suis pas curieux.

— Je pense que tu l'es, au contraire, affirma-t-elle en lui tendant l'ordinateur.

Essayait-elle de le provoquer ? Le temps qu'il se pose la question, Avery avait replongé le nez dans ses dossiers.

Ils se chamaillaient parce qu'ils ne se comprenaient pas, ce n'était pas là une grande découverte. La question était de savoir s'il voulait y remédier. Il avait prévu de négocier avec elle, mais si elle refusait de parler avec lui, ses avocats lui obtiendraient le meilleur jugement possible quant à la garde et à une éventuelle pension alimentaire. Peut-être devrait-il la laisser travailler pendant que lui-même travaillait ; arrêter d'essayer d'être amis. Cela lui sembla soudain une très bonne idée.

Il accéda à ses dossiers sur le *cloud* et se perdit dans les méandres financiers d'un projet qui tournait mal. S'immerger ainsi dans un univers familier l'aida à se détendre. Il maîtrisait le monde de l'argent. Comment faire en sorte d'en gagner, que sa famille n'en soit jamais à court, que l'héritage des McCallan soit éternel, assurant la pérennité de leur nom. Parfois, cela demandait de prendre le contrôle ; d'autres fois, il fallait laisser les avocats s'occuper de tout. Ce serait pareil avec Avery.

Puis il devrait, avant l'atterrissage, penser à ce qu'il allait dire à sa mère pour éviter une crise familiale. C'était la priorité. Bien plus que l'amélioration des relations diplomatiques avec la mère de son futur enfant.

Après quatre heures passées à travailler, Jake avait proposé qu'ils mangent les sandwichs préparés par son cuisinier. La collation terminée, Avery était allée faire une sieste. Elle s'était réveillée une heure avant l'atterrissage, avait peaufiné quelques détails de son dossier en cours puis avait rangé ses affaires.

La descente se fit en silence. Jake était visiblement vexé qu'elle n'ait pas voulu discuter avec lui, ce qui ne la dérangeait pas. Elle ne voulait pas gaffer ou dire quelque chose qu'elle regretterait en parlant avant d'être prête. Surtout maintenant que les conséquences de cette situation émergeaient peu à peu.

Premièrement, elle allait perdre son travail. Il lui serait en effet difficile de travailler pour le cabinet d'avocats représentant Jake dans leur bataille pour la garde. Pas seulement pour le bien de Jake, mais aussi pour le sien.

Deuxièmement, ils iraient au tribunal pour décider du droit de garde. Jake avait l'habitude d'obtenir ce qu'il voulait et ferait des demandes qu'elle ne pourrait pas accepter. Un juge devrait statuer.

Troisièmement, elle avait besoin d'un avocat. Jake en avait une armée, alors qu'elle avait… elle-même ! Elle pouvait probablement faire du bon travail sur son propre cas, mais un dicton dans le milieu disait : « Un homme qui agit comme son propre avocat a un fou pour client. » Elle ne gâcherait pas son rêve de monter son cabinet en Pennsylvanie ni ne perdrait le contrôle de la vie de son enfant parce qu'elle ne se serait pas donné les moyens d'avoir un bon avocat. Dès son retour à New York, elle en engagerait un, se promit-elle.

Cette décision restaura sa confiance. Ils atterrirent à 11 heures du soir à Paris. Une limousine les attendait sur le tarmac. Dès que leurs bagages y furent transférés, ils prirent la route.

— Dans combien de temps serons-nous à l'hôtel, demanda-t-ellc à Jake.

— Quarante minutes, marmonna-t-il, à l'évidence toujours grognon.

Son humeur bourrue lui convenait présentement, mais lui rappelait aussi le temps où ils se fréquentaient. Elle avait toujours l'impression de lui voler son temps, même dans son penthouse, même quand ils y faisaient l'amour sous la douche, surtout quand elle achetait à la va-vite un bagel à emporter en bas de chez lui parce qu'il était pressé. Et qu'ils ne prenaient jamais le temps de bavarder. Pour être tout à fait franche, s'avoua-t-elle, elle n'en avait pas vraiment envie non plus, à l'époque…

Elle chassa ces pensées et regarda par la vitre. Elle n'était jamais allée en Europe avant, encore moins à Paris. Paris… Pas seulement la ville de l'amour, dans son imaginaire, mais une ville de culture chargée d'histoire. Ils empruntèrent de belles avenues bordées de vieux immeubles majestueux, éclairées par d'élégants lampadaires. La tour Eiffel éclairée dominait la ville comme un bienveillant génie. Le clair de lune scintillait sur les flots de la Seine. C'était à couper le souffle !

La limousine s'arrêta devant l'entrée d'un bâtiment à cinq ou six étages. De chaque côté de la porte à tambour, des lampes en laiton projetaient un éclat délicat. Jake la guida à l'intérieur, la main posée sur son coude. Ce qui était probablement nécessaire, car sans cela elle aurait probablement heurté le groom, deux autres clients et une table basse tant elle était éblouie par le faste du luxueux hall noir, or et blanc.

Le réceptionniste leur sourit.

— Bonsoir, M. McCallan. Mademoiselle, ajouta-t-il avec un mouvement de tête déférent. Votre chambre favorite est prête.

Il lui tendit une carte magnétique, que Jake empocha.

— Merci. Auriez-vous la gentillesse de faire savoir à ma mère, qui réside au Bristol, que nous sommes bien arrivés ?

— Bien sûr, M. McCallan.

Lorsqu'ils s'éloignèrent de la réception, Avery était redescendue de son petit nuage. Elle avait oublié qu'ils étaient à Paris pour parler à la mère de Jake. Elle avait travaillé pendant le vol, réfléchi à ses rapports avec Jake, s'était s'extasiée sur Paris et en avait oublié de se préparer pour cette rencontre !

Le luxueux hall du palace devint soudain le symbole de la mère de Jake : fantaisiste, élégant, riche. Avery était tellement hors de son milieu naturel qu'engager un avocat semblait maintenant être la conclusion la plus intelligente qu'elle ait jamais tirée. Elle ne pourrait pas faire face à cette famille toute seule, pas plus que son père n'avait pu combattre Paul Barnes avec un avocat commis d'office.

Sortis de l'ascenseur, ils empruntèrent un couloir aux murs garnis de bois gris. Quand Jake ouvrit la porte de la dernière pièce sur la droite, Avery réalisa qu'elle le suivait dans une chambre. *Sa chambre à lui.*

— Je... Heu... Nous partageons une chambre ? bredouilla-t-elle, sous le coup de la surprise.

— C'est une suite.

Elle était magnifique, constata Avery, avec de superbes boiseries, des moulures, des corniches sculptées, des tapis épais et un canapé design. L'atmosphère de ce vaste salon était à la fois sophistiquée et chaleureuse.

— Je ne dors pas avec toi ! s'exclama-t-elle en sortant de sa contemplation admirative.

— Je ne te l'ai jamais demandé.

— Pourquoi alors ne pas m'avoir pris une chambre ?

— Je ne veux pas que tu sois seule.

— Tu as surtout eu peur que je m'enferme à double tour et te laisse en tête à tête avec ta mère !

— Non. Parce que si tu fais cela, notre accord devient caduc. Écoute, Avery, poursuivit-il d'un ton plus doux, tu es une femme enceinte dans une ville inconnue. Tu parles français ?

— Et toi ? le défia-t-elle, le menton relevé.

Il se mit à lui parler en français, ce qui rendait sa voix douce comme la soie et délicieusement sexy.

— Un point pour toi ! concéda-t-elle.

— On s'installe, on dîne rapidement, une bonne nuit de sommeil et on voit ma mère demain matin. Avec un peu de chance, tu seras de retour à New York demain à midi heure locale.

La déception cueillit Avery comme un uppercut. Rentrer demain ? Elle n'avait probablement plus de travail dans l'immédiat, et elle était à Paris, bon sang ! Paris ! Ils allaient manger à l'hôtel, dormir, voir sa mère, puis elle quitterait cette ville incroyable ? Ce n'était pas juste.

Trois coups frappés doucement à la porte la firent sursauter. C'était le bagagiste. Jake lui indiqua qui dormait dans quelle chambre. Il déposa les bagages et ressortit, nanti d'un généreux pourboire.

Jake ôta sa veste.

— Je vais demander qu'on nous fasse monter de quoi dîner, puis je vais prendre une douche.

— Et tout sera en ordre, hein ? ne put-elle s'empêcher de le provoquer.

— Je suis fatigué, j'ai faim et demain, je vais devoir dire à ma mère qu'elle va devenir grand-mère dans trois mois et lui expliquer pourquoi je ne lui en ai pas parlé avant, s'agaça Jake. Pourquoi elle n'a pas pu voir ton ventre s'arrondir, acheter des cadeaux, en parler avec ses amies, se réjouir à l'avance. Je ne crois pas que vouloir me détendre quelques minutes sous la douche soit trop demander, si ?

Une pointe de culpabilité piqua Avery. Elle ne s'était jamais attardée sur ce que pourrait ressentir la mère de Jake. Tout simplement parce qu'elle n'avait jamais intégré celle-ci à l'équation de sa grossesse. Elle se souvint de la joie incommensurable de ses parents lorsqu'elle leur avait annoncé la nouvelle. Le père de Jake était mort sans savoir qu'il allait être grand-père… Le chagrin prit le relais de la culpabilité et lui traversa le cœur, laissant dans son sillage une traînée de regrets déchirants.

— Je suis désolée.

Jake s'arrêta au milieu du salon et se retourna vers elle.

— Tu es désolée ?

— Oui.

L'expression de Jake s'adoucit.

— Je crois que c'est la toute première fois que je t'entends prononcer ces mots.

Il pivota et entra dans sa chambre, laissant Avery seule avec sur son épaule le poids de la culpabilité, semblable à une de ces gargouilles en pierre qu'elle avait vues en chemin sur la façade d'une église.

Avery sortit de sa triste torpeur et gagna sa chambre. Elle se déshabilla et se doucha. En se séchant, elle vit le reflet de son corps dans le miroir. Elle posa les mains de chaque côté de son ventre. À ce moment précis, le bébé donna un coup de pied. Elle n'avait pas seulement privé les parents de Jake du bonheur inestimable de savoir qu'ils allaient être grands-parents : elle avait privé Jake de tellement plus !

Elle s'habilla d'une culotte, d'un soutien-gorge et d'un immense T-shirt, puis enfila le peignoir de l'hôtel. Elle peigna ensuite ses longs cheveux et regagna le salon de la suite.

Une table avait été dressée au milieu de la pièce, avec une nappe en lin et un joli bouquet de fleurs au centre. Des plats attendaient sous leurs cloches dorées. Jake se tenait devant une fenêtre, face aux lumières fascinantes de la ville. Au bruit que fit la porte en se refermant derrière Avery, il se tourna vers elle. Il était vêtu de la même manière que les matins après qu'elle avait passé une nuit dans son penthouse, d'un bas de survêtement et d'un T-shirt. Un souvenir sensuel se fraya un chemin en elle : Jake l'embrassant langoureusement avant qu'elle file au bureau.

— Je n'ai pas pensé à te demander si tu avais faim.

— Je meurs de faim !

— Je nous ai commandé des steaks, des légumes vapeur, des macaronis et du fromage.

— Le rêve ! s'extasia Avery en s'approchant de la table.

Jake lui tira une chaise et elle s'assit.

— Merci, murmura-t-elle.

— De rien.

Il s'assit en face d'elle et souleva la cloche qui maintenait son plat au chaud. Avery l'imita. Il lui tendit la corbeille de pain.

— Non merci. Un steak et des macaronis, je crois que c'est assez de calories pour une nuit ! plaisanta-t-elle.

Il rit. Une sorte de rire étouffé, comme s'il la trouvait amusante mais n'était pas encore prêt à rire avec elle.

— Alors, reprit-elle, tu as trouvé ce que tu allais dire à ta mère ?

Il haussa les épaules, l'air fataliste.

— Oui et non. J'ai quelques idées pour adoucir le choc, parce que je sais combien elle sera surprise, et le sentiment de perte qu'elle ressentira en pensant à tout ce qu'elle a manqué.

Parce que tu l'as ressenti aussi, ce manque, songea-t-elle. Jake n'avait pas eu besoin de le dire, elle avait perçu la note de regret dans sa voix. Aussitôt la culpabilité revint la hanter. Au même moment, son bébé bougea.

Avery reposa sa fourchette et se leva. Elle ne pouvait pas rattraper le temps perdu – puis il avait principalement raté des nausées matinales, ce qui ne lui laissait aucun remords – mais elle pouvait l'impliquer à partir de maintenant. Elle se planta à côté de lui et défit la ceinture de son peignoir.

— Le bébé donne des coups de pied. Tu veux toucher ?

7.

Les yeux de Jake s'arrondirent de surprise.

— Vraiment ?

— Oui.

Il ne bougeait pas, comme s'il ne savait pas quoi faire, le regard rivé sur son T-shirt.

— Vas-y, pose tes mains de chaque côté.

Il posa délicatement une paume sur son ventre. Avery se pencha, prit son autre main et la posa à côté de la première.

— Il va peut-être falloir attendre quelques… Oups ! Non, Il est là. Ou elle.

Jake laissa échapper un rire nerveux.

— Oh mon Dieu !

— Ça rend son existence réelle, n'est-ce pas ?

— Oui, dit-il dans un souffle, si bas qu'Avery l'entendit à peine.

Elle se souvint qu'elle n'avait entendu ce ton rauque qu'en une seule occasion : la première fois qu'il l'avait vue nue. Quelque chose se fissura en elle. Jake n'était peut-être qu'un aristocrate vieux jeu, il n'en restait pas moins un homme normal. St si elle avait ses raisons pour ne pas vouloir l'impliquer dans la vie de leur enfant, elle devait malgré tout se montrer juste avec lui.

— Demande-moi ce que tu veux, proposa-t-elle. J'ai l'impression que tu en meurs d'envie.

Il déplaça les mains le long de son ventre, comme pour en mémoriser la forme.

— Je ne sais pas trop quoi te demander, en fait…

— Il n'y a pas grand-chose à dire. Tu sais déjà que j'ai eu des nausées matinales. À la fin d'une journée de travail, je suis épuisée. Et le bébé va aussi bien que possible.

Comme il avait cessé de bouger dans son ventre, elle recula d'un pas.

— Le dîner refroidit.

— Bien sûr. Mange, je t'en prie.

Avery rattacha la ceinture de son peignoir et se rassit. Elle se servit des macaronis et du fromage, puis attaqua son assiette avec enthousiasme.

— Je me soucie de tout cela, tu sais, déclara Jake.

— Tout quoi ? demanda-t-elle entre deux bouchées.

— Pas seulement le bébé. Toi, aussi. Je sais que tu as des ambitions professionnelles et que tu ne veux pas quitter ton poste, mais… Si tu le voulais, tu n'aurais plus besoin de travailler un seul jour de ta vie.

Elle le dévisagea. Cette fois-ci, la proposition de Jake n'était ni déplacée ni condescendante. Elle venait après qu'il avait senti leur bébé bouger dans son ventre. C'était à la fois émouvant et idiot.

— Jake, la première fois que je l'ai senti bouger, je me suis presque évanouie de bonheur. Tu es fou de joie, intimidé, exalté d'avoir senti ton enfant pour la première fois.

— C'est exaltant, en effet.

— Certes, mais il ou elle va salir des couches, baver, cracher, pleurer toute la nuit, s'écorcher les genoux, devenir un ado taciturne, demander une voiture et faire des bêtises. Peut-être même de grosses bêtises.

Il éclata de rire.

— Voilà qui casse un peu la magie et le mystère !

— Je veux simplement me montrer réaliste.

Jake mangea une bouchée de son steak.

— Si tu n'y vois pas d'inconvénient, j'aimerais m'attarder un peu sur la magie et le bonheur. Tu aimes débattre, tu es une avocate. Tu as besoin de causes à défendre, tu cherches la petite bête. Comme Pete. Il passe le plus clair de son temps avec moi à pointer ce qui pourrait mal se passer dans mes projets !

Avery ne répondit pas. Jake avait raison. Elle avait toujours tendance à voir le mauvais côté des choses, le verre à moitié vide. Peut-être à cause de son adolescence, marquée par les problèmes judiciaires et l'emprisonnement de son père.

Suis-je vraiment quelqu'un de négatif ? se demanda-t-elle, sous le regard scrutateur de Jake.

Avery semblait songeuse, mais son visage s'était crispé, nota Jake.

— Tu ne protestes pas ? Tu réfléchis à ce que je t'ai dit ?

— En quelque sorte…

Elle prit une bouchée de macaronis et le cœur de Jake fit un petit bond. C'était ridicule, vieux jeu, mais il se sentait ridiculement fier de lui apporter nourriture et confort, de subvenir à ses besoins. Toutefois, il pressentait que s'il insistait, s'il lui demandait de reconnaître qu'elle cherchait toujours la bagarre avec lui, elle se fermerait définitivement.

Il entrevoyait la possibilité d'une coopération et ne voulait pas voir cette porte se refermer. L'exaltation d'avoir senti son enfant bouger fit rouler en lui une vague de chaleur. Il n'aurait jamais pensé de lui-même demander à poser ses mains sur le ventre d'Avery. Mais elle lui en avait donné l'occasion. Il voulait que leur rapprochement perdure.

Ils finirent de dîner sans qu'il ait réussi à trouver un sujet de conversation léger. Il avait vécu un moment fort et voulait continuer à le savourer. Il se leva de table.

— Si tu veux bien m'excuser, je vais me retirer dans ma chambre.

— Mais il est seulement 7 heures et demie, pour nous !

— Je sais. Je vais regarder un peu la télévision et j'espère m'endormir vite. Demain sera une journée importante.

Elle lui sourit poliment.

— Très bien. Je vais t'imiter. Ce sera sûrement amusant

d'essayer de comprendre les dialogues et les paroles en français.

Il aurait pu lui suggérer qu'ils regardent ensemble, ainsi il aurait pu traduire pour elle, mais il avait peur de mettre en péril le fragile équilibre qui s'était installé entre eux. Il se sentait bien. Et il se sentait bien *avec elle*. Il voulait savourer cela aussi, ne rien gâcher.

— Bonne nuit, dit-il.

— Bonne nuit.

Jake se dirigea vers sa chambre. Il n'était pas arrivé à la porte qu'il entendit la voix d'Avery dans son dos :

— Au fait, comment devrai-je m'habiller pour la rencontre avec ta mère ?

Il lui fit face, capta le regard de ses étonnants yeux émeraude. Il l'avait vue s'habiller, se déshabiller, nue ; avec les cheveux relevés, les cheveux relâchés, les cheveux en désordre. Elle lui coupait toujours son souffle. C'était ce qui l'avait mis dans le pétrin. Ils n'avaient jamais eu besoin de parler, d'être amis. Il aimait juste la regarder, la toucher. Ils n'avaient rien en commun, sauf un bébé.

— Inutile de te mettre en frais, sauf si tu en as envie. Un pantalon, un chemisier, quelque chose de simple. De confortable pour toi.

Avery se leva de table.

— OK. Ta mère est prévenue de notre visite ?

— Avant de quitter New York, j'ai demandé à l'un de mes assistants de lui dire que nous la rencontrerions demain matin après le petit déjeuner. Et je l'ai fait prévenir que nous étions bien arrivés. Elle séjourne dans un hôtel juste à côté. J'ai préféré que nous ne soyons pas dans le même.

Elle hocha la tête et se dirigea vers sa chambre. Elle y entra sans un mot et referma la porte derrière elle.

Jake sourit. Ils avaient eu une heure de conversation normale. Elle l'avait laissé sentir son enfant bouger dans son ventre. Et au matin, il allait la conduire dans la suite de sa mère comme un agneau à l'abattoir ? Impossible ! Cela ruinerait tout ce qui s'était passé de positif entre eux. Il saisit son téléphone. Il n'y avait qu'un seul moyen de rendre moins délicate et embarrassante la rencontre du lendemain.

Le visage de sa mère apparut sur son écran lorsqu'elle répondit à son appel.

— Jake ! Ne me dis pas que tu annules le rendez-vous de demain ! J'ai annulé une journée au spa avec mes amies pour te voir. C'était urgent, si j'ai bien compris.

— Oui, ça l'est. Je vais te dire quelque chose, et je ne veux pas que cela te rende folle.

D'un geste élégant, elle releva le nez et arrangea sa coiffure blonde pourtant parfaitement en place.

— Suis-je le genre de femmes qui peut devenir folle ?

— Peut-être, si l'on considère que… Eh bien, je vais devenir père.

— Quoi ? s'écria sa mère, les yeux écarquillés.

— Avery, une de mes ex, est enceinte.

La bouche de sa mère s'ouvrit, se referma, s'ouvrit de nouveau, on aurait dit un poisson sorti de l'eau.

— Tu vas devenir grand-mère.

— Oh ! mon Dieu…

— Je suis venu à Paris avec Avery pour te l'annoncer, mais je me suis rendu compte que ce serait un peu… étrange, et peut-être pas très agréable pour toi comme pour elle, de le faire demain. Je préfère te l'annoncer maintenant et demain, quand nous viendrons te rendre visite, tu pourras être gentille avec Avery.

Elle se raidit.

— Je suis *toujours* gentille !

— Tu es toujours *convenable.*

— Je suis ravie de devenir grand-mère.

— Attends, tu ne sais pas tout. Avery est enceinte de six mois.

— Et tu ne me le dis que maintenant !

— Je viens juste de l'apprendre.

Sa mère cilla. Son beau regard bleu changea, s'adoucit. Elle prit une grande inspiration.

— Je vais être grand-mère, dit-elle d'une voix tremblante. Le reste importe peu. Nous allons avoir un bébé à gâter !

Jake rit, plus ému qu'il ne l'aurait cru.

— Gâter, je ne sais pas. Ce n'est pas le genre d'Avery. Elle a les pieds sur terre !

— Est-elle jolie ? Ton enfant sera-t-il beau parce qu'il a une jolie maman ?

— Hey, j'ai fait ma part de travail !

— Je le sais très bien, mon chéri, mais avec tes bons gènes et la beauté de sa mère, cet enfant pourrait être éblouissant !

— Donc… Ça va ?

— Si ça va ? Seigneur, je suis aux anges ! Depuis la mort de ton père, j'ai traversé des moments si pénibles…

Elle se tut soudain, puis secoua la tête avant de reprendre :

— J'avais prévu du café pour demain mais il faut autre chose. Qu'est-ce que boit ton amie ? De l'eau ? Du soda ?

— Du jus de pomme.

— Parfait ! Alors à demain.

Jake raccrocha, surpris que la conversation se soit aussi bien déroulée. Toutefois, sa mère était peut-être ravie, mais elle ferait à n'en pas douter une remarque sur le fait qu'Avery leur avait caché sa grossesse ; et elle savait être piquante. Bon, si elle se montrait désagréable à ce sujet, il serait là pour arrondir les angles, n'est-ce pas ? Il soupira. Qu'en savait-il ? Il ignorait ce qui pouvait apaiser Avery ou au contraire l'énerver encore plus. En fait, il était plutôt doué pour l'énerver. Et, malgré sa tentative pour préparer le terrain avec sa mère, la rencontre du lendemain matin pourrait se révéler un désastre…

Avery avait l'impression d'aller à une audience de la reine d'Angleterre. Quand Jake toqua à la porte de la suite de sa mère, au somptueux hôtel Bristol, une femme de chambre leur ouvrit et les fit installer dans un salon avec vue sur toute la ville. Maureen McCallan était assise sur une chaise de style Queen Anne à la droite du canapé. Ses cheveux blonds décolorés étaient maintenus en un chignon parfait. Sa robe noire et les perles qu'elle portait au cou indiquaient clairement son appartenance à la haute société – la haute société d'une autre époque. Elle se félicita d'avoir enfilé la seule robe qu'elle avait emportée.

Jake s'avança vers sa mère et se pencha pour embrasser sa joue parfaitement poudrée.

— Tu es splendide, maman.

— Chaque jour passé à Paris fait des merveilles.

Elle se tourna vers Avery.

— Et qui êtes-vous, mademoiselle ?

— Je m'appelle Avery Novak, madame McCallan, se présenta-t-elle en lui tendant la main.

Leur hôtesse la prit, mais lui sourit froidement. Elle posa les yeux sur son ventre.

— On dirait que vous avez une annonce à me faire.

— Maman ! s'interposa Jake.

Celle-ci prit une longue et profonde inspiration.

— Alors… On dirait que je vais devenir grand-mère ?

— En effet.

Avery se retint de sourire.

— Vraiment ? Avez-vous fait un test ADN ?

Jake secoua la tête. Il semblait contrarié.

— Avery préférerait se battre à mains nues avec un ours sauvage que passer plus de deux heures dans la même pièce que moi. Donc nous ne serions pas là si ce n'était pas mon enfant.

Maureen McCallan rit avec élégance.

— Qu'est-ce que vous n'aimez pas, Avery ? Notre argent ? Notre style de vie ? Notre nom ?

— Je n'ai rien contre le nom. McCallan, ça sonne bien.

— Vous avez au moins la décence d'être honnête.

— Oh ! intervint Jake, Avery sera aussi « décente » que cela bien plus souvent que nous le souhaiterions !

— Parfait ! J'aime savoir à qui j'ai affaire, affirma-t-elle en se levant. J'avais prévu que nous prenions le café, mais je suppose que vous ne pouvez pas en boire. J'ai un assortiment de jus de fruits. Que puis-je vous servir ?

— Un jus de pomme, si vous avez.

— J'en ai.

Elle lui apporta son jus de pomme, et un café à Jake. Avery s'installa dans le confortable canapé bleu. Maureen McCallan se rassit dans sa chaise Queen Anne.

— Alors, dites-moi tout !

Avery retint une grimace.

— Il n'y a pas grand-chose à dire.

— Vous avez eu des nausées matinales ?

— C'était horrible !

— Parfait ! s'exclama la mère de Jake en applaudissant. Dans notre famille, on dit que les nausées matinales signifient que les enfants auront de beaux cheveux.

Avery saisit une mèche de ses épais cheveux entre ses doigts.

— S'il a les mêmes cheveux que moi, il n'aura pas de souci !

— « Il » ? réagit Maureen McCallan. Vous savez déjà que c'est un garçon ?

— Non, c'est plus facile de dire « il » que « il ou elle » tout le temps.

— J'aimerais bien un garçon. Mais une petite fille, poursuivit-elle avec un sourire, ce serait tellement amusant ! Imaginer les vêtements que nous pourrions lui offrir !

— Avery ne voudra peut-être pas trop la gâter, maman.

— Je vais rentrer chez moi, en Pennsylvanie. C'est une petite ville. Si j'ai une fille, elle ne voudra peut-être pas porter des robes de soirée et des tiares.

Maureen éclata de rire.

— Je pensais plus à des collants et à des jolis hauts. J'ai vu une tenue tellement mignonne, l'autre jour, au parc. Un bébé avait des collants couleur caramel avec un haut imprimé girafe. Trop mignon !

Avery sourit à la mère de Jake.

— J'ai toujours adoré les Mary Jane en cuir verni noires, déclara-t-elle.

— Ah oui ? Moi aussi ! s'écria-t-elle avec enthousiasme. Il faut vraiment que vous retourniez en Pennsylvanie ?

— Avery va passer le concours du barreau là-bas, puis y ouvrir son propre cabinet juridique.

— Mais je ne vous priverai jamais du plaisir de voir votre petit-enfant, affirma Avery.

Les mots lui avaient presque échappé, sous le coup de la culpabilité d'avoir gardé si longtemps le secret sur sa grossesse.

— La Pennsylvanie, ce n'est pas si loin de New York, ajouta-t-elle.

— C'est vrai, approuva Maureen McCallan, cordiale.

Avery s'était presque détendue quand la frappa soudain le souvenir de l'attitude de Paul Barnes lors des pique-niques et fêtes d'entreprise. Le patron de son père était l'incarnation de la politesse et des bonnes manières. Il jouait au softball avec les enfants, leur préparait des sundaes, leur distribuait des bonbons. Mais il n'avait pas eu une once de compassion pour son père. Il n'avait même pas considéré que celui-ci avait pu dire la vérité quand il répétait qu'il n'avait pas volé l'argent qui manquait dans les caisses de l'entreprise. Et même quand des preuves de son innocence avaient été apportées, Barnes ne l'avait pas cru et avait tout fait pour empêcher un nouveau procès.

Elle se reprit et sourit à Maureen. Elle devait arrêter de se méfier sans cesse de tout le monde, et effacer de sa tête le souvenir de ces six horribles années. La conversation roula sur la date de la venue au monde, le cursus de son médecin, l'hôpital où elle comptait accoucher.

— Est-ce que j'abuse si je vous demande la permission d'être présente le jour J ? demanda Maureen.

— D'accord pour la salle de travail, répondit Avery, mais personne en salle d'accouchement.

Maureen rit.

— Je prendrai ce que l'on me donnera, dit-elle, avant de

se lever : Je déteste avoir à vous mettre dehors, mais je dois déjeuner avec des amis et je dois me changer.

Jake se leva et tendit la main à Avery pour l'aider à se lever.

— Ne t'inquiète pas, nous avons décidé de rentrer à New York.

— Vous rentrez ? s'étonna Maureen. Mais nous avons à peine commencé à faire connaissance ! Nous avons encore tant à nous dire. Et puis tu vas au bal, samedi soir.

— J'ai décidé de ne pas y aller. Je raccompagne Avery.

— Tu ne feras rien de tel ! assena-t-elle, puis elle se tourna vers Avery : Connaissez-vous Paris, très chère ?

— Non.

— Merveilleux ! Jake vous fera découvrir la ville aujourd'hui. Ce soir, nous dînons ensemble, à 8 heures, et demain, nous allons tous au bal.

— Maman, Avery a des choses à…

— J'aimerais beaucoup découvrir Paris, le coupa Avery.

Maureen se poserait probablement un million de questions aujourd'hui et voudrait en reparler pendant le dîner. Avery se dit qu'elle lui devait bien ça. En plus, elle voulait vraiment, vraiment visiter Paris.

— Ah bon ? lui retourna Jake en captant son regard.

— Je vais ouvrir un cabinet qui aidera les justiciables qui n'ont pas les moyens d'engager un avocat hors de prix. Je ne vais pas gagner des millions. C'est probablement la seule fois de ma vie que j'ai une chance de découvrir Paris.

Maureen semblait enchantée. Elle applaudit.

— C'est parfait, alors ! On se retrouve ici ce soir à 7 heures et demie pour boire un verre.

Avery tâcha de masquer son excitation : elle allait visiter la plus belle ville du monde !

8.

Dès qu'ils furent sortis du Bristol, Jake remercia Avery. Elle se tourna vers lui, les yeux pétillants. Bon sang comme il aimait ses yeux !

— De quoi ?

Il rompit le charme en détournant le regard.

— D'avoir accepté de rester.

— Oh ! mais j'ai vraiment envie de visiter Paris !

C'était certainement vrai, se dit Jake, mais il y avait plus qu'un désir de voir la ville derrière ce qu'Avery avait fait. Elle n'avait pas seulement été gentille avec sa mère, elle avait été respectueuse. Et ouverte. Depuis la mort de son père, il n'avait pas vu ce bonheur sur le visage de sa mère. Il n'avait jamais imaginé qu'un petit-fils ou une petite-fille pourrait lui faire du bien. Elle avait besoin de quelque chose dans sa vie en ce moment ; ou de quelqu'un à aimer. Et quoi de mieux qu'un bébé ?

— Je serais ravi de te montrer Paris. Je suis à ta disposition pour tout le reste de la journée.

Ils tournèrent à l'angle de l'avenue et eurent soudain une vue dégagée sur la tour Eiffel.

— Voilà ce que je veux voir ! déclara Avery en désignant le monument d'un geste.

Jake sortit son téléphone de sa poche pour appeler une voiture. La main d'Avery se posa sur son bras. Elle avait dû deviner son intention car elle proposa :

— Et si nous marchions ?

— Marcher ? Tu sais, elle semble juste à côté mais je pense qu'elle est au moins à deux kilomètres !

Elle leva les yeux au ciel, l'air amusé.

— Mon Dieu ! Deux kilomètres ! Le bout du monde sans chauffeur et sans limousine ! ironisa-t-elle. Écoute, je veux voir Paris. Pas juste la tour Eiffel mais aussi les gens, les rues. Sentir les odeurs, m'imprégner de l'ambiance.

Il capitula.

— Très bien, imprégnons-nous !

Jake dut résister à la tentation de lui prendre la main. L'élan était si naturel que cela l'aurait inquiété d'être attiré à cc point par une femme si Avery et lui n'avaient pas déjà eu une relation. Trois semaines, ce n'était pas très long, mais cela avait créé des connivences, des habitudes, qui resurgissaient maintenant qu'ils partageaient de nouveau du temps ensemble.

D'autant plus qu'à présent, ils s'entendaient bien. Jusqu'ici, tout ce dont il se souvenait à propos de leur histoire, c'était du sexe et des chamailleries autour de sujets politiques. Le souvenir des chamailleries s'estompait tandis qu'en parallèle, ceux relatifs à leurs ébats devenaient de plus en plus précis.

Le soleil les éclaboussait de sa lumière. Les odeurs, les teintes et les sons de Paris formaient autour d'eux un tableau complexe, dense, vivant. Ils marchaient au petit bonheur la chance, croisaient d'autres touristes, entraient dans des boutiques, flânaient. Avery s'arrêta devant la vitrine d'une galerie d'art mondialement réputée.

— Tu vois, en voiture, nous ne serions jamais tombés sur cet endroit, déclara Avery. On va jeter un coup d'œil ?

Ce n'était pas dans ses habitudes. Il aimait planifier, prévoir. Il ne faisait pas plus un saut dans une galerie d'art ou un musée qu'à l'opéra. Mais après tout, pourquoi pas ? Avery ne cessait de le surprendre – tout comme l'attirance incompréhensible et incontrôlable qu'il éprouvait pour elle —, autant voir s'il ne pourrait pas en profiter pour avancer dans leur négociation…

Des peintures lumineuses se détachaient en contraste sur les murs blancs. Elle regardait autour d'elle avec un air si émerveillé qu'il rit doucement.

— Tu aimes, lui demanda-t-il.

— Pas toi ?

Jake vit dans cette question une opportunité de lui parler un peu de lui. Il s'était rendu compte qu'elle ne savait presque rien à son sujet, raison pour laquelle peut-être elle tirait souvent des conclusions erronées le concernant.

— Je ne suis pas très porté sur l'art. Je préfère les choses pratiques, utiles aux choses voyantes. J'aime les beaux canapés, les meubles d'ébénistes. Ou même une cuisine intelligemment agencée et aménagée. Pour moi, c'est de l'art.

Ils avaient continué à déambuler dans la galerie et étaient passés dans une autre salle. Avery se planta devant une grande toile, puis tourna la tête vers lui.

— Je sais que tu as le sens pratique, mais une cuisine comme œuvre d'art ? Vraiment ?

— Je cuisine, tu sais.

— Oui, des sandwichs, le titilla-t-elle en riant.

— J'ai appris la cuisine quand j'étais à l'université. Pour ne pas mourir de faim.

Le regard d'Avery descendit de son blazer bleu marine à son pantalon gris.

— Comme si un McCallan pouvait un jour mourir de faim ! se moqua-t-elle en reprenant sa flânerie.

Ce n'était pas la première fois qu'une de ses piques l'atteignait, mais c'était la première fois qu'il se rendait compte qu'ignorer ses attaques les avait empêchés de faire connaissance. Elle pensait que tous les gosses de riches avaient la vie facile ? Elle n'avait pas vécu avec son père…

— Quand j'étais à l'université, mon père me versait une aide mensuelle qui était loin de couvrir mes dépenses. J'ai vite découvert qu'il était beaucoup plus économique de cuisiner que de manger. J'ai aussi commencé à mettre de côté un peu de ce qu'il me donnait chaque mois.

Avery s'arrêta. Elle semblait sincèrement intéressée, à présent.

— Je comprends pour la cuisine, mais pourquoi économiser sur les versements de ton père ?

— Mon père était imprévisible et bizarre. Je dînais à la maison tous les vendredis soir. Un jour, il s'est mis en tête que j'étais choyé et le mois suivant, il ne m'a pas versé un centime. Pour m'apprendre à m'adapter, à être réactif.

— Il t'a privé de ton seul moyen de subsistance ? s'étonna Avery.

— Plus d'une fois. Et quand mon frère Seth est entré à l'université, notre père lui a fait subir la même chose. Dans son esprit, il nous enseignait la discipline et l'art de la survie.

Le simple fait de penser à la cruauté de son père emplissait Jake de colère. C'était probablement la chose la plus parlante qu'il pouvait dire à Avery pour qu'elle le voie autrement que comme un cliché de fils à papa gâté.

— Ça ressemble à de la violence psychologique, non ?

Jake fut un peu surpris de constater qu'Avery ne prenait pas le parti de son père, n'estimait pas que des enfants gâtés avaient besoin de temps en temps d'une bonne leçon pour leur apprendre la « vraie vie ».

— Oui. Il était cruel et lunatique. Seth n'a pas intégré cela aussi vite que moi et a passé un mois entier presque à la rue.

— Quoi ? s'écria-t-elle, et son cri résonna dans l'atmosphère calme de la galerie. Et ta mère a permis cela ?

— Elle n'en a jamais rien su. Nous mettions un point d'honneur à ne pas nous plaindre à elle.

Ils se dirigèrent vers un autre tableau. Dans celui-ci, les rouges, les jaunes et les orange se mêlaient et se mélangeaient de telle manière que cela lui rappela le feu de l'enfer. Ou peut-être cela lui évoquait-il son père en lui rappelant les difficultés de son enfance et de celle de Seth.

— Il a brisé mon frère. Il est allé trop loin. Il nous reprochait d'avoir un A et pas un A+. Refusait de payer les frais de scolarité. Seth et moi avons trouvé des jobs d'étudiants, car notre seule façon d'avoir un peu de sécurité était de gagner notre propre argent. Notre père avait le bras long. Il a réussi à ponctionner nos comptes bancaires. J'ai appris à ne plus mettre ma paye à la banque, à payer et à économiser en liquide. J'ai appris à combattre la folie de mon père avec des plans et de la logique. Pas Seth. Il a abandonné l'université en dernière année et a disparu pendant deux ans. Quand il a finalement repris contact avec moi, il travaillait pour une société de courtage le jour et allait à des cours du soir. Il vivait avec deux colocataires et était incroyablement heureux.

Jake s'interrompit. Le beau regard vert d'Avery était rivé au sien, empli de compassion. Or il ne voulait pas de sa pitié.

— Je ne t'ai pas raconté cela pour t'attendrir, reprit-il. Seulement pour que tu saches une chose ou deux sur moi et mon parcours. Cela pourra peut-être nous aider à mieux nous comprendre.

Elle hocha la tête.

— Seth a très bien réussi dans sa vie professionnelle. Il vient de revendre ses parts du fonds d'investissement qu'il avait créé avec un ami. Il travaille pour McCallan, désormais.

Avery continuait à le dévisager en silence. Il plissa le front.

— Qu'est-ce qui te choque ? D'apprendre comment Seth a tracé sa voie ou que notre jeunesse n'a pas été facile ?

— Non. Je me dis que si Seth a abandonné, il a dû te falloir des tripes pour rester. Partir a sûrement été difficile, mais rester l'a été mille fois plus à mon avis.

Sa poitrine se serra sous l'effet d'une émotion indescriptible. Il n'avait jamais parlé à sa mère de ce que Seth et lui avaient subi. Il ne lui avait jamais parlé non plus des doubles facturations et des faux contrats qu'il avait découverts chez McCallan lorsqu'il avait commencé à travailler pour l'entreprise familiale. Et il n'avait rien dit à Avery de la force qu'il fallait pour avoir toujours une longueur d'avance sur son père, du stress que cela avait provoqué. Pourtant, elle comprenait ce qu'il avait pensé que personne ne comprendrait jamais.

— Je ne pouvais pas tout quitter. J'ai toujours su que je serais celui qui prendrait les rênes de l'entreprise. Étudiant, je n'imaginais pas que mon père mourrait si tôt et que j'aurais à peine trente ans quand je devrais tout diriger, mais j'avais déjà conscience de mes responsabilités. À présent, Seth est revenu et il fait sa part de travail.

— Mais les responsabilités restent sur tes épaules.

— Quelqu'un doit prendre les décisions. Et j'aime diriger. Mon père a fait beaucoup de mal à l'entreprise avec son caractère colérique et ses sautes d'humeur. En fin de compte, je l'ai forcé à cesser ses pratiques douteuses, à réparer les dégâts et j'ai restauré l'image des McCallan. Pourtant, si tu regardes dans nos placards, tu trouveras plein de squelettes !

— C'est pour cette raison que tu as accepté de ne pas utiliser le passé de mon père contre moi ?

— Non. Je ne crois pas que ce que ton père a fait ou pas fait aura une quelconque influence sur notre enfant. Et il est son grand-père. Il fera partie de sa vie, tout comme ma mère.

Ils étaient parvenus à la fin de l'exposition. Jake ouvrit la porte et ils sortirent dans la rue toujours aussi ensoleillée.

— Chaque enfant doit savoir d'où il vient, quel est son héritage, que celui-ci soit bon ou mauvais, conclut-il.

— Je ne suis pas certaine que cela soit possible quand je vivrai en Pennsylvanie.

Son honnêteté lui alla droit au cœur.

— On se débrouillera.

Jake soutint le regard d'Avery. Pour la première fois, ils avaient eu une conversation qui ne s'était pas terminée en dispute.

— Tu vois comment nous nous parlons, à présent ? Nous nous écoutons, nous sommes réalistes. C'est comme ça que nous nous en sortirons.

Elle hocha la tête en signe d'assentiment.

— Et maintenant, reprit Jake, d'humeur joyeuse, baladons-nous jusqu'à la tour Eiffel, puis trouvons un bistrot où déjeuner avant de continuer à visiter la ville !

— Excellent programme ! Même si dans une heure, j'aurai envie de jeter mes talons dans la Seine, ajouta-t-elle en levant la jambe pour lui montrer ses chaussures.

— Alors repassons par l'hôtel, proposa-t-il en riant.

Le regard plein de gratitude que lui décocha Avery ressemblait à une promesse…

Avery avait la tête qui tournait. Jake lui avait dit tant de choses sur lui-même ! Elle se rendait compte qu'elle ne le connaissait pas.

Elle avait désormais compris pourquoi il était si guindé, si prudent dans tout ce qu'il faisait. Et elle n'avait remarqué à quel point il était fort. Elle déplorait que son père ait été aussi cruel, mais elle aimait que Jake semble avoir trouvé sa voie. Il semblait heureux. De son côté, elle était heureuse qu'il lui ait fait assez confiance pour se confier à elle. Elle se doutait qu'il ne racontait pas cette histoire à tout le monde. Elle commençait à se sentir proche de lui, et cela la mettait quelque peu mal à l'aise. Pourtant, ce rapprochement était une bonne chose, non ? Après tout, ils avaient tellement de choses à régler à propos du bébé !

Elle sourit à Jake, qui il lui sourit en retour. Pendant dix secondes, elle ne perçut plus le bruit des groupes de touristes et de la circulation autour d'eux. Elle le regardait dans les yeux. Il était si beau qu'elle ne fut pas surprise par le crépitement qui lui courut le long des nerfs et de la peau. De l'attirance. Et une forme de connexion entre eux. Une vraie.

Jake rompit le contact et ils prirent le chemin de leur hôtel. Là-bas, ils enfilèrent chaussures confortables, jeans et T-shirts. Avery se sentit immédiatement redevenir elle-même. Jake avait l'air d'un homme différent. Avery se dit que c'était normal : c'était elle qui le voyait différemment, après avoir entendu son histoire. Il paraissait même insouciant, même si elle savait qu'il ne l'était pas – aujourd'hui serait une exception, peut-être…

Une fois à l'extérieur, Jake lui prit la main et la posa dans le creux de son coude. Le geste était à la fois si naturel et si intime qu'il la déstabilisa. Doucement, elle retira sa main.

— Tu n'as pas besoin de me cramponner à toi. Je vais bien.

— Je ne veux pas te perdre. Même si je pense que tu

ne serais pas perdue, ajouta-t-il avec un clin d'œil. En fait, c'est pour t'éviter de trébucher.

Elle trouva mignon qu'il soit si inquiet pour elle. Cela lui procurait un sentiment étrange, celui que le vrai Jake flottait juste sous la surface de l'homme qu'elle croyait connaître. Et qu'avec le mot juste, ou dans certaines situations, sa façade pourrait se fissurer. Elle serait alors face à face avec… un gars sympa ? Cela pourrait assouplir leur relation. Pourtant, apprendre à le connaître ne signifierait pas qu'elle l'apprécierait.

— Je suis enceinte, pas malade.

Il leva les mains en signe de reddition.

— Très bien, je m'incline. Et tu as l'air équipée pour la marche, ajouta-t-il avec un regard sur ses baskets.

Ils flânèrent jusqu'à la tour Eiffel, profitant du début d'après-midi ensoleillé. La vue sur la ville depuis le sommet de la tour lui coupa le souffle. Après encore un peu de marche, puis une promenade en bateau-mouche sur la Seine, ils prirent un délicieux déjeuner tardif dans un bistrot.

Comme elle était fatiguée, ils revinrent à l'hôtel. À peine déshabillée, Avery s'endormit. Quand elle se réveilla, elle réalisa que le seul vêtement de sa garde-robe susceptible de convenir à un dîner avec Maureen était la robe qu'elle avait portée le matin même.

Tout le plaisir qu'elle avait tiré des bons moments passés avec Jake se désintégra face à ce déprimant constat. Puis elle releva le menton. Après tout, son fourreau était élégant. Et si Jake ou sa mère tiquaient, hé bien ils s'en remettraient !

Elle tira ses cheveux jusqu'au sommet de son crâne puis les fixa avec un nœud un peu lâche qui laissait des mèches retomber en spirales le long de son cou. Enfin elle se glissa dans la seule veste qu'elle avait apportée, le blazer noir.

Quand elle sortit de sa chambre, Jake était déjà dans le salon, vêtu d'un costume noir et d'une cravate rouge, beau comme une gravure de mode.

— Tu es superbe ! la complimenta-t-il.

Avery rougit.

— Merci.

— J'adore ta coiffure.

— Ah oui ? Moi aussi, je dois avouer, dit-elle d'un ton léger, afin de masquer son embarras.

Même s'il avait dit cela pour lui faire plaisir, elle était touchée.

Une fois devant l'hôtel, Jake lui proposa de marcher jusqu'au Bristol. Elle grimaça en lui montrant ses talons aiguilles. Il fit alors signe au chauffeur qui attendait non loin, appuyé contre une luxueuse berline noire. L'homme leur ouvrit la portière arrière. Ainsi, Jake avait prévu le coup… Ce qui signifiait que sa proposition de marcher était… *une blague* ? Il l'avait *taquinée* ?

Elle sourit. L'homme le plus guindé qu'elle avait jamais rencontré lui avait fait une blague ! Un homme qui avait été émotionnellement harcelé par un père cruel. Un homme qui se souciait d'elle. Les connexions semblaient de plus en plus nombreuses entre eux. Elle s'efforça d'ignorer le sentiment de menace qui les accompagnait. Jake et elle avaient besoin de s'entendre pour élever leur bébé ensemble. Ils avaient besoin de s'entendre pour s'accorder sur un droit de visite.

Alors, se sentir de plus en plus connectée à lui était certainement une bonne chose…

Durant l'apéritif dans la suite de Maureen, la conversation roula sur la manière dont Avery vivait sa grossesse, envisageait les premiers mois après la naissance, sur ses plans pour la suite de sa carrière. Jake buvait une bière et sa mère sirotait un cocktail. Elle posa à Avery une multitude de questions, elles rirent ensemble, pas une fois elle ne fit allusion à sa robe.

Lorsqu'ils arrivèrent dans le restaurant que Maureen avait choisi, Avery découvrit que celle-ci avait proposé à deux de ses amies, Annalise et Julianna, de se joindre à eux.

Pendant tout le début du repas, Avery eut l'impression d'être la seule femme au monde à avoir jamais attendu un bébé tant les trois autres étaient attentionnées. Jake resta silencieux et les regarda glousser et papoter avec amusement.

Peu à peu, les amies de Maureen commencèrent à évoquer leurs propres grossesses et la discussion dévia vers les vêtements de maternité et la manière dont la mode avait évolué à ce sujet.

— Au moins, déclara Maureen, une femme enceinte ou tout juste mère peut porter une robe de soirée digne de ce nom, de nos jours !

Son amie Annalise demanda alors innocemment, tout sourire :

— Vous serez présents demain soir au bal de charité, n'est-ce pas ?

— Non, répondit Jake. Demain, nous rentrons à New York.

Avery crut que Maureen allait s'étouffer avec son bœuf Wellington.

— Vous rentrez ? s'écria-t-elle. Demain ? Jake, tu m'avais promis d'y assister, cette année !

— Avery a besoin de rentrer et de se reposer.

— Tu ne repars pas à cause de moi, si ? demanda-t-elle à Jake.

— Je ne veux pas t'imposer quoi que ce soit.

— Mais toi, tu as envie d'assister à cette soirée ?

Il haussa les épaules.

— Les causes retenues cette année sont belles : des hôpitaux et des centres d'accueil. Il pourrait être intéressant de rencontrer celles et ceux qui s'en occupent.

— Alors vas-y ! le pressa-t-elle en souriant, sincère.

— Je ne te laisse pas seule à l'hôtel pendant que j'assiste à un bal, Avery.

— Viens au bal avec elle, intervint Julianna.

Au moment où Avery dit : « Je n'ai rien à me mettre », Jake déclara : « Ça va la fatiguer. »

Ils se regardèrent et se sourirent.

— Oh ! ce sont des bêtises, tout ça ! décréta Maureen avec un geste royal de la main droite. Avery, nous vous trouverons une robe. Et toi, Jake, poursuivit-elle en se tournant vers son fils, tu la ramèneras tôt à l'hôtel. Vous n'aurez pas besoin de rester au bal jusqu'à l'aube ! Je voudrais juste te présenter à quelques personnes.

Devant l'insistance des trois amies, Avery céda, priant pour qu'elle n'ait pas à le regretter…

Sur le chemin du retour, installé à côté d'Avery à l'arrière de la berline noire, Jake décida d'aborder de nouveau le sujet du bal.

— Tu n'es pas obligée de venir, demain. Tu peux même retourner à New York dans le jet familial. Je sais que tu es impatiente de retourner travailler.

Il avait envie qu'elle reste. Peut-être un peu trop envie, plus qu'il ne l'aurait dû…

— À mon avis, je n'ai plus de travail.

— Si c'est moi qui t'ai laissé penser cela, j'en suis désolé. Pete n'a jamais dit que tu étais renvoyée, seulement que tu ne pouvais plus t'occuper des dossiers qui concernent McCallan.

— Pete ne prendra aucun risque par rapport au conflit d'intérêts…

— Donc tu te retrouves sans emploi ?

— Probablement. Donc autant aller au bal. Ce sera chic ?

— Je n'y suis jamais allé. Tu devras demander à ma mère. Elle sera sûrement très heureuse de t'emmener faire les boutiques.

— Tant pis pour mes économies !

— Pas question que tu paies ! Tu n'aurais pas à t'acheter une robe si nous n'étions pas à Paris ; et tu ne serais pas à Paris si je ne t'y avais pas emmenée.

— Je ne te demande rien. Je peux payer.

— Moi aussi.

La limousine s'arrêta devant leur hôtel. Jake sortit et aida Avery. L'air de la nuit était frais. Les mains dans les poches de son pantalon, il ressentait la plus étrange des sensations : il voulait être tout près d'Avery, la mère de son enfant. Elle avait été incroyablement gentille avec sa mère. Quand elle lui sourit, une fois dans la suite, cela lui coupa le souffle. Il n'avait jamais ressenti ce genre de connexion auparavant.

Dans son lit, Jake pensa et repensa à Avery, incapable de trouver le sommeil. Avery, à qui il avait dit son plus grand secret pour qu'elle apprenne à le connaître ; qui avait été si gentille avec sa mère, prouvant ainsi qu'elle était une bonne personne. Il la voyait différemment, aujourd'hui.

Quand il avait découvert qu'Avery était enceinte, il n'y avait aucune chance qu'il se passe quelque chose entre eux. Maintenant, tout semblait différent. La femme sexy de ses souvenirs fusionnait avec la vraie Avery, et il devait bien s'avouer qu'il aimait la combinaison des deux… Cela signifiait-il quelque chose ? Peut-être pas. Tout était confus. La première clarté du jour se faufilait dans sa chambre quand il s'endormit enfin.

9.

Avery sortit de la cabine d'essayage et se posta au centre de la petite estrade entourée de miroirs qui lui permettaient de voir sa robe sous tous les angles. Elle fronça les sourcils et tourna la tête vers Maureen.

— Je vous l'avais dit : on dirait une robe de mariée !

— En effet, acquiesça Maureen en souriant. Elle est adorable. *Vous* êtes adorable.

Avery rit. Elle n'était pas dupe de la tactique de la mère de Jake. Celui-ci dormait quand elle avait quitté la suite en début de matinée. Maureen était passée la prendre dans une voiture avec chauffeur pour faire un peu de shopping.

Elle demanda à la vendeuse une robe dans des tons plus pêche ou corail. Maureen approuva :

— Oui, avec vos cheveux roux, le pêche doit vous aller à merveille !

Avery se regarda une dernière fois dans le miroir. Elle dut reconnaître que cette robe était très belle. Maureen dut capter son regard car elle déclara :

— Vous ferez une très belle mariée.

— Je me dévoue à mon travail, Maureen. Et bientôt à mon bébé. Il ne restera pas beaucoup de temps pour un homme et un mariage !

— Croyez-en mon expérience : dans la vie, les gens trouvent toujours du temps pour les choses essentielles.

— Ma mère dit la même chose.

— Parce que les vieilles dames sont très malignes. Nous connaissons le mode d'emploi.

Avery éclata de rire. À ce moment-là, la vendeuse revint avec deux superbes robes couleur pêche. Elle retourna dans la cabine d'essayage et, avec l'aide de la jeune femme, enfila la première. Quand elle se vit dans le miroir, elle sut qu'il n'y aurait pas besoin d'essayer l'autre.

Les épaules dénudées et les perles entrecroisées sur le corsage attireraient tous les regards sur son haut, pas sur son ventre. Ensuite, la mousseline de soie s'évasait jusqu'au sol, assez lâche pour ne pas trop lui serrer le ventre. Maureen était d'accord. Quelques retouches mineures étaient nécessaires, mais la vendeuse leur assura que la robe serait expédiée à l'hôtel d'Avery dans l'après-midi.

Le soleil brillait toujours quand elles sortirent de la boutique.

— J'ai beaucoup aimé, déclara Maureen. On pourrait renouveler l'expérience, non ? Pour les vêtements du bébé, par exemple !

Avery acquiesça. Ce serait un bon moyen de laisser Maureen s'impliquer dans la vie de son enfant, et surtout elle pourrait ainsi surveiller ce qu'achèterait la mère de Jake.

— Si vous changiez d'avis et décidiez de connaître le sexe de l'enfant avant la naissance, ce serait plus facile, non ? Aussi pour les gens qui voudront lui faire des cadeaux. Et pour sa chambre.

Le chauffeur leur ouvrit la portière et elles montèrent dans la voiture.

— Je préfère avoir la surprise. La chambre du bébé sera bleue et grise. J'ajouterai une touche de rose ou de bleu clair en fonction de son sexe. J'espère que cela ne vous contrarie pas trop…

Maureen sembla réfléchir au problème, puis elle hocha la tête.

— Peut-être en effet qu'il sera plus excitant d'attendre de savoir si c'est un garçon ou une fille que de lui acheter des vêtements à l'avance.

— Vous voyez, je suis un peu vieux jeu, à ma manière.

— Oui, on ne dirait pas en vous voyant ! répondit Maureen en riant.

— Mes parents sont plus réalistes que rêveurs. Ils m'aident à garder les pieds sur terre.

— Jake est comme vos parents, très terre à terre. Peut-être que les opposés s'attirent pour créer un équilibre. Tom et moi étions deux personnalités opposées. Il m'empêchait souvent de partir dans la lune, et moi je l'empêchais d'être trop dur avec les enfants.

Avery faillit répliquer, mais elle se souvint que Jake lui faisait confiance pour ne pas trahir son secret. Heureusement, leur chauffeur se gara bientôt devant son hôtel.

Quand elle ouvrit la porte de la suite, Jake, posté devant une fenêtre, se retourna vers elle. Il n'était pas rasé, ses cheveux étaient en désordre. Si sa chambre n'avait pas été silencieuse quand elle avait pris son petit déjeuner, elle aurait juré en le voyant qu'il n'avait pas dormi.

Leurs regards se soudèrent l'un à l'autre. Une sensation étrange la traversa, celle que cet homme lui était... *familier*. Elle en avait appris plus sur le père de son enfant au cours des dernières vingt-quatre heures qu'en trois semaines de sexe ! Il lui avait montré Paris. Il l'avait fait rire. Il lui avait confié un secret.

— J'ai trouvé ma robe, lui annonça-t-elle.

— Super !

Elle désigna la porte de sa chambre d'un mouvement de la main. Là, elle pourrait bien réfléchir à la situation, se remettre les idées en place.

— Si cela ne t'ennuie pas, je vais faire un petit somme.

— Je t'en prie. J'ai un peu de travail en retard. Tu veux bien me prêter encore ton ordinateur ?

— Bien sûr !

À vrai dire, cela l'arrangeait. Elle alla prendre l'ordinateur dans sa chambre et le lui tendit.

— Tu ne le paramètres pas avec les identifiants que tu m'as créés ? lui demanda-t-il.

— Non, répliqua-t-elle en le fixant droit dans les yeux. Je te fais confiance.

Et c'était là le nœud du problème : elle était sincère. Il lui faisait confiance, elle lui faisait confiance : l'effet magique de Paris ?

Avery ne sortit pas de sa chambre de tout l'après-midi. Vers 18 heures, Jake se décida à aller frapper à sa porte pour s'assurer qu'elle allait bien, mais un mauvais pressentiment l'envahit lorsqu'il leva la main. Il était inquiet pour elle ; or, de son côté, elle l'évitait clairement.

Depuis leur arrivée à Paris, il avait l'impression qu'ils se rapprochaient l'un de l'autre. Ce qui n'était peut-être pas le cas d'Avery… Et si elle avait joué la comédie tout ce temps, alors que lui s'ouvrait à elle ? Et si elle avait seulement désiré rentrer chez elle ? Après tout, ne pas communiquer était leur état normal quand ils étaient ensemble, pas de quoi en faire un plat ! se raisonna-t-il.

Jake retourna dans sa chambre, se doucha et revêtit le smoking qu'il avait apporté pour le bal. Avery et lui n'étaient pas amis, plus amants. Il avait pensé qu'arriver à mieux se connaître l'un l'autre rendrait les choses plus faciles, pas elle. Ce ne serait pas la première fois qu'il se trompait à son sujet. Il allait donc la laisser tranquille, décida-t-il.

Pourtant, lorsqu'il sortit de sa chambre, Jake trouva la jeune femme dans le salon, perdue dans la contemplation de la ville. Elle pivota pour lui faire face.

— Je suis désolée, j'avais besoin de me retrouver un peu, cet après-midi. Je ne veux pas que tu croies que je n'apprécie pas ta générosité. J'ai passé deux des plus belles journées de ma vie. Merci de m'avoir permis de découvrir Paris.

Jake voulut répondre « de rien », mais aucun son ne sortit de sa bouche. Il était sous le choc. La seule fois où elle lui avait dit quelque chose de personnel, c'était quand elle avait négocié à propos de son père. Mais plus que ses remerciements, ce qui lui collait la langue au palais, c'était *elle*. Bon sang, elle était…

— Tu es splendide ! réussit-il enfin à bafouiller, la voix rauque.

— Merci, dit-elle en se posant un châle sur les épaules. Ta mère a insisté pour payer. Mais je lui enverrai un chèque.

Jake faillit lui rétorquer de ne rien en faire, voire se moquer d'elle – comment pouvait-elle imaginer que sa mère encaisserait le chèque ? Mais il venait de comprendre qu'Avery était embarrassée par son compliment et avait changé de sujet.

Quelque chose de primitif et de viril s'éveilla en lui. S'il voulait lui dire qu'elle était belle, s'il voulait y penser toute la soirée, elle ne pourrait rien faire pour l'en empêcher.

— Tu es *vraiment* magnifique.

— Tu me l'as déjà dit un million de fois, lui retourna-t-elle en souriant.

— Au lit. Là, c'est différent.

— Ah ! avant aujourd'hui, tu ne me trouvais pas belle habillée ? le taquina-t-elle.

Elle n'avait jamais été mal à l'aise lorsqu'il lui disait qu'elle était belle. Leur relation à l'époque était légère, insouciante. Le compliment qu'il venait de lui faire était d'une autre nature. Et il lui avait fait plaisir autant qu'il l'embarrassait, raison pour laquelle elle en plaisantait.

— Tu ne parviendras pas à flétrir ma bonne humeur, Avery. Je vais assister à une soirée avec la plus belle femme de la ville, et j'entends bien m'y amuser !

Il avait envie de danser. La journée avait été remplie de hauts et de bas, mais avoir parlé de son père à Avery et l'avoir entendue lui avouer qu'elle avait apprécié la journée l'avait allégé. C'était déroutant et bizarre, mais il aimait ce sentiment étrange que, pour une fois dans sa vie, il pouvait se détendre complètement.

Jake guida sa cavalière vers la salle de bal, une main posée sur son coude. Cette fois, elle n'essaya pas de se libérer, ce qu'il prit pour une victoire. Ils retrouvèrent sa mère, qui leur présenta les responsables des associations de bienfaisance à l'honneur lors de la soirée. Il reçut leurs remerciements pour ses dons.

Il échangea ensuite avec des amis de ses parents, des personnalités, une foule de personnes qui voulaient le rencontrer ou que sa mère tenait à lui présenter. Lorsqu'ils s'assirent à leur table, il était affamé.

Il dévora son assiette, puis jeta un coup d'œil à celle d'Avery.

— Tu ne manges pas tes légumes ?

— Qui êtes-vous et qu'avez-vous fait de Jake McCallan ? lui demanda-t-elle d'un air amusé.

Jake rit.

— Je suis d'humeur bizarre, c'est tout.

— Cela m'effraie un peu…

— Pourquoi ? Nous sommes à des milliers de kilomètres de chez nous, tu penses avoir perdu ton emploi, je suis encore sous le choc d'avoir appris que j'allais être père, pourquoi ne pas nous laisser un peu aller ce soir ?

— Pour une fois, tu veux dire ? Parce que j'ai du mal à imaginer que tu te sois déjà laissé aller de la sorte.

— Il y a un début à tout ! dit-il joyeusement en échangeant leurs assiettes. J'ai besoin de carburant pour danser.

Elle secoua la tête en riant, et Jake eut le sentiment de remporter sa seconde victoire de la soirée.

Quand l'orchestre commença à jouer une valse, une fois le repas terminé et les tables débarrassées, Jake tendit la main à Avery.

— Et si nous dansions ?

Elle faillit refuser l'invitation, mais il semblait si enthousiaste qu'elle ne put résister.

Jake se révéla excellent danseur. Il avait posé une main sur sa taille et l'autre sur son épaule. Le désir rugit dans ses veines. Le parfum de Jake lui rappelait des souvenirs torrides. Elle aurait voulu l'embrasser jusqu'à ce qu'il fasse courir ses mains le long de son dos et... *Tu as perdu la tête ?* Elle essaya de chasser ce fantasme, mais son cavalier les faisait tournoyer en un mouvement sensuel qui lui donnait le vertige. Il était grand, ténébreux, beau, et elle l'avait touché, goûté... De plus, ce soir, c'était elle qui était guindée, engoncée, tandis que lui semblait libéré.

Le doute n'était plus permis : Jake l'attirait, ce qui la rendait folle. Ses hormones n'étaient pas en cause : cette attirance était plus liée aux souvenirs, et à une connexion qui était en train de s'établir à cause de la danse. Le gars sympa, marrant, avec qui elle avait passé la journée avait aussi été un merveilleux amant.

L'orchestre enchaîna avec un swing. Avery s'écarta de Jake, soulagée de ne plus avoir à sentir ses mains sur son corps, mais il lui prit les mains et les balança de droite à gauche.

— Qu'est-ce que tu fais ? demanda-t-elle.

— Nous dansons, tu te rappelles ?

— Je n'ai pas dansé sur ce genre de musique depuis mes cinq ans, chez mes grands-parents !

— Tout ce que tu as à faire, c'est me suivre. Et te laisser aller...

Abasourdie, Avery le suivit dans un jitterbug endiablé. Lorsque la musique s'arrêta, ils furent chaudement applaudis et félicités. Avery était hors d'haleine. De retour à leur table, Maureen l'aida à s'asseoir.

— Tu es devenu fou ? lança-t-elle à son fils. Tu as dit toi-même que la soirée pourrait fatiguer Avery et tu la fais danser comme un forcené !

— Je suis désolé, s'excusa Jake avec une mine comique de petit garçon pris en faute.

— Hé bien, c'est fini, les bêtises !

Maureen fit apporter un verre de jus de pomme à Avery. Elle jeta un coup d'œil à Jake. Il avait l'air heureux. Totalement détendu. Pour la toute première fois. Elle se sentit soudain coupable d'être un peu rabat-joie.

— Je pourrai peut-être danser encore une ou deux fois, proposa-t-elle.

Son cœur battait trop vite, et pas à cause de leur danse. Elle prit une gorgée de son jus de pomme et s'éventa.

— Est-ce que ça va ? lui demanda Jake.

— Oui, tout va bien.

C'était faux. Le sentiment d'être proche de Jake qui l'avait tant effrayée tout l'après-midi se mélangeait à leur alchimie sexuelle. Résultat : elle était heureuse d'être avec lui, d'autant qu'il était différent, drôle, farfelu. Était-il heureux d'être avec elle, lui aussi ?

Mon Dieu… Elle devait cesser d'avoir de telles pensées. Elle ne pouvait pas apprécier Jake McCallan ! Mais c'était trop tard…

Allez, ressaisis-toi ! Nourrir cette connexion ne ferait que causer des complications au sujet de la garde et des visites après la naissance du bébé. Donc non. Pas d'attirance.

Quand l'atmosphère se chargea d'une tension qu'il avait du mal à définir, Jake comprit que quelque chose avait changé chez Avery. Il se leva de sa chaise.

— Il est peut-être temps de rentrer à l'hôtel.

Il n'était pas certain que ce soit la bonne décision, mais il pressentait qu'Avery était fatiguée. Et s'il voulait poursuivre la soirée avec elle, ce ne serait probablement pas sur la piste de danse, ou entourée de sa mère et des amies de celle-ci.

— Je vais bien, lui répondit Avery, ses grands yeux verts plein d'incertitude.

— Nous ne voudrons sans doute pas traîner, demain matin. Nous devons nous reposer.

Il aida Avery à se lever, salua Annalise et Julianna, puis sa mère, à laquelle il ne laissa pas l'occasion de répliquer : il entraîna Avery vers le vestiaire. Pendant qu'elle récupérait sa veste et son châle, il envoya un SMS à son chauffeur.

Ils firent le trajet en silence. Soudain, alors qu'ils n'étaient plus très loin de leur hôtel et longeaient la Seine, Jake demanda au chauffeur de s'arrêter. Il descendit et alla ouvrir la portière à Avery.

— Qu'est-ce que tu fais ?

— Tu n'as jamais marché dans Paris la nuit. Et c'est notre dernière ici.

Avery hocha la tête et descendit. L'avenue était encore pleine de touristes qui flânaient dans l'air tiède de septembre. Elle n'était pas bondée, mais cela suffisait à donner le sentiment qu'ils faisaient partie de quelque chose de plus grands qu'eux.

— C'est tellement beau…, dit Avery dans un souffle.

Jake ne trouva rien à répondre. En ce moment même, il voulait seulement la rendre heureuse, s'assurer qu'elle ne regrette pas ce voyage. Il lui prit le bras sans qu'elle ne bronche et ils marchèrent lentement, en silence, tandis que la lune faisait miroiter la Seine d'éclats argentés.

— Quand j'étais petite, avant la folie de l'arrestation et de l'emprisonnement de mon père, je rêvais de devenir une femme d'affaires puissante à New York et de pouvoir venir à Paris quand je le voulais. Y avoir mon propre appartement.

Jake retint son souffle, étonné et heureux qu'elle s'ouvre ainsi à lui.

— Alors je suis content de t'avoir forcé la main pour venir.

— Tu ne m'as pas forcé la main. Nous avons un accord, tu te souviens ?

Bien sûr qu'il s'en souvenait ! Elle lui avait révélé son secret, mais dans le cadre d'une négociation. Lui raconter ses rêves d'enfant était différent. Il comprenait qu'avant les problèmes de son père, elle avait d'autres désirs, une autre vision de son avenir. Ce qui était arrivé à son père avait façonné son monde, ses buts, ses rêves.

C'était injuste. Elle n'était pour rien dans les problèmes qu'avait connus son père, pourtant ils lui avaient volé un peu de son enfance et beaucoup de son innocence.

— Même si tu n'étais pas venue ici avec moi, je n'aurais jamais utilisé le passé de ton père contre toi.

— Je le sais, désormais.

Une fierté ridicule l'envahit.

Ils marchèrent sans un mot jusqu'à l'hôtel. Le silence entre eux n'était pas pesant. C'était comme s'ils profitaient tous les deux, *ensemble*, de leurs deniers moments à Paris. Jake était si apaisé, si bien qu'il fut presque déçu d'entrer dans le palace. Ils avaient ri ensemble, dansé ensemble, s'étaient promenés ensemble… La pensée lui vint qu'il vivait sans doute l'une des plus belles soirées de sa vie.

Lorsqu'il ouvrit la porte de la suite, Avery entra et se dirigea vers sa chambre. Sans réfléchir, Jake lui attrapa la main et fit pivoter la jeune femme. Puis il l'attira dans ses bras.

Ses lèvres rencontrèrent les siennes, doucement au début puis, comme elle ne protestait pas, il approfondit son baiser. Ses mains couraient le long de son dos nu, caressant sa peau si douce.

Avery glissa les bras autour de son cou. Le baiser continua encore et encore. Ils s'étaient déjà embrassés, mais jamais ainsi. Jamais avec tant de bonheur. Ou de joie. Ou d'un mélange d'émotions confuses qui culminèrent en une seule pensée : et si c'était de l'amour ? Le vrai amour, et pas seulement ce que l'on éprouvait pour quelqu'un avec qui on avait une relation agréable. Non, de l'amour authentique.

Quelle idée ! Elle sembla à Jake tellement incongrue qu'il faillit s'écarter d'Avery, mais les lèvres sensuelles de celle-ci le gardèrent prisonnier. Tout se bousculait sous son crâne. Voulait-il tomber amoureux de quelqu'un avec qui il avait l'habitude de se disputer ? Quelqu'un qui voulait une vie totalement différente de celle qu'il avait prévue ? Il avait déjà perdu le contrôle avec elle. Non, il avait *abandonné* le contrôle pour lui faire plaisir. Et c'était dangereux. Pas parce qu'elle risquait de se servir de lui, mais parce qu'ils étaient sur le point de discuter de l'avenir de leur enfant.

Si négocier avec son père lui avait appris quelque chose, c'était qu'un adversaire était un adversaire, que ce soit un frère, un père ou un parfait étranger. Il fallait toujours rester sur ses gardes, même si son adversaire en l'occurrence embrassait diablement bien…

Il rompit le baiser et fit un pas en arrière. Il plongea le

regard dans les pupilles vertes d'Avery, espérant y lire de quoi apaiser ses craintes. Hélas, il n'y vit que ses craintes à elle.

— Merci pour cette délicieuse soirée, dit-il.

— Merci à toi.

Jake se retira dans sa chambre. Il décida en refermant la porte derrière lui que ce baiser avait été une façon parfaite de mettre un terme à tout ce qu'il y avait entre Avery et lui. Tout, sauf le fait qu'ils avaient conçu un enfant ensemble…

10.

Ils atterrirent à New York le dimanche en début d'après-midi. Jake avait manqué quatre jours de travail et avait hâte de se rendre à son appartement pour se mettre à son ordinateur et répondre à ses messages. Avery avait reçu par courriel l'ordre de se présenter directement au bureau de Pete Waters le lendemain matin.

Les vacances étaient terminées. Et, d'après le comportement cool de Jake dans l'avion, tout ce qui aurait pu naître entre eux à Paris l'était aussi. Ça aurait pu la dérouter, la blesser, sauf qu'elle connaissait Jake McCallan. Le Jake amusant avec lequel elle avait dansé était une anomalie, heureusement. Elle ne voulait pas risquer de tomber amoureuse de l'homme qui l'amènerait probablement devant un tribunal.

Le lundi matin, Pete lui dit exactement ce à quoi elle s'attendait : Waters, Waters & Montgomery ne pouvait pas prendre le moindre risque à propos d'un éventuel conflit d'intérêts. Ils trouvèrent un arrangement : elle démissionna, de sorte qu'il n'eut pas à la renvoyer, lui rédigea une lettre de recommandation élogieuse. Il lui versa une indemnité de départ correspondant à trois mois de salaire.

Elle retourna à son appartement, enleva sa tenue de travail et se glissa dans un pantalon de survêtement et un grand T-shirt. Un pot de glace dans une main et la télécommande de la télévision dans l'autre, elle s'installa sur son canapé pour une séance de zapping.

Elle n'avait jamais eu autant de temps libre de sa vie. Une

partie d'elle aurait aimé rester à Paris, mais être aussi loin de chez elle et de son médecin n'était pas une bonne idée.

Tout comme ce baiser n'avait pas été une bonne idée…

Après tout, se dit-elle, c'était la ville romantique par excellence, s'embrasser là-bas ne prêtait pas à conséquence. C'était presque même une obligation. Il avait été plein de passion et d'émotion, avec une sorte de sous-entendu. Des regrets, peut-être.

Allez, oublie ça !

Elle prit une bouchée de sa glace chocolat, vanille et fraise. Et la réalité la frappa de plein fouet : elle était enceinte, n'avait plus de travail et avait embrassé un homme qui serait son adversaire dans la bataille pour la garde de leur enfant.

Seigneur, ce baiser… Si étonnamment romantique de la part d'un homme si respectueux des règles et des convenances !

Reprends-toi, Avery, tu es en train de devenir folle !

Voulait-elle vraiment se languir de quelqu'un d'aussi différent d'elle que possible ? Quelqu'un à qui il fallait dire comment être spontané. Quelqu'un qui ne déménagerait jamais dans sa petite ville, ce qui signifierait qu'elle devrait rester à New York et abandonner son rêve ? Ce qui signifierait se perdre. Perdre la personne qu'elle avait travaillé à devenir depuis le lycée. Non. Donc, s'il se passait quelque chose maintenant entre eux, elle aurait le cœur brisé quand elle le quitterait – parce qu'elle le quitterait. Elle ne renoncerait pas à ses rêves.

Elle prit une autre bouchée de la glace. Alors que la douce saveur roulait sur ses papilles, elle ferma les yeux, en extase. Mais ce baiser ne quittait pas son cerveau. Un baiser comme ils n'en avaient jamais partagé auparavant…

Stop ! Au lieu de ressasser, elle devait agir. Et Dieu sait qu'elle avait à faire ! Elle devait préparer l'examen du barreau de Pennsylvanie, son déménagement, vendre son appartement. Elle devait anticiper pour qu'une fois le bébé là, tout soit prêt pour sa nouvelle vie.

Après une dernière cuillerée de glace, elle rangea le pot dans son congélateur. Puis elle prit son téléphone et appela

Eileen, l'agent immobilier qui lui avait vendu son appartement. Le plus tôt elle le mettrait sur le marché, le mieux ce serait.

Eileen arriva à 20 heures. Petite, blonde, elle était toujours aussi souriante et dynamique.

— Cet endroit est toujours aussi superbe ! s'exclama-t-elle après avoir posé son sac et son manteau sur le canapé. Je n'arrive pas à imaginer pourquoi vous voulez le vendre.

Elle commença à prendre des photos.

— Je vais m'installer en Pennsylvanie.

— En Pennsylvanie ? fit Eileen en grimaçant, comme si Avery était folle.

— Je veux élever mon enfant près de ma famille.

— C'est une bonne idée. Vous avez de la chance. Moi aussi, d'ailleurs, ajouta-t-elle en embrassant le salon d'un geste. Cet appartement est génial ! Et j'adore la décoration et la manière dont vous l'avez réagencé. Je vais le vendre en un clin d'œil.

Avery accompagna l'agent immobilier jusqu'à la chambre principale.

— La pièce la plus utilisée des lieux. Je travaille tard, je mange dehors, ce que j'ai le plus fait dans cet appartement, c'est dormir dans ce lit.

Et y faire des galipettes avec Jake…

Ce n'était pas le moment de penser aux heures torrides passées avec lui dans cette chambre. D'ailleurs, il ne fallait plus jamais y penser, se dit Avery en reportant son attention sur Eileen. Le plancher de bois blond, le lit queen size posé sur un tapis blanc à longs poils, la tête de lit tapissée de gris : sa visiteuse était enthousiaste. Elle prenait quantité de photos.

— C'est parfait ! affirma-t-elle en suivant Avery dans la grande salle de bains.

Jake et elle s'étaient aussi amusés dans la douche… Or, au lieu de voir la scène telle qu'elle s'était déroulée, Avery l'imaginait avec le Jake joyeux qui l'avait embrassée à Paris.

Son cœur se serra. Mais comment arrêter de penser à lui

alors que danser dans ses bras puis l'embrasser avait ravivé des souvenirs. Ou peut-être des désirs. Quoi qu'il en soit, c'était une erreur.

De retour dans le salon, Avery prépara un café à Eileen, qui sortit un mandat de sa sacoche. Elle lui en lut les grandes lignes et proposa un prix de vente.

— Je prends en compte la situation, l'état impeccable de l'appartement, la tendance du marché, lui expliqua-t-elle. Avant de le mettre sur le marché, je vais contacter quelques-uns des clients de mon portefeuille qui pourraient être intéressés.

— Très bien, approuva Avery. Quand vous voudrez faire des visites, prévenez-moi un peu à l'avance. Je vais être plus ici maintenant que je ne travaille plus.

Avant de signer le mandat de vente, elle jeta un dernier regard autour d'elle. Une bouffée de tristesse l'emplit. Soudain, elle n'était plus sûre de pouvoir dire que c'était excitant de déménager, de quitter le travail qu'elle aimait et la ville qu'elle avait désormais dans le sang – ni même de s'éloigner de l'homme qui était le père de son enfant.

Elle tendit le document à Eileen et se leva. Elles se dirigèrent vers l'entrée.

— Merci pour votre aide, dit Avery en tendant la main à l'agent immobilier.

— De rien.

Avery ouvrit la porte et se retrouva nez à nez avec…

Jake !

Il se tenait sur le seuil, la main levée comme s'il allait frapper. Les souvenirs de la chambre à coucher et de la douche revinrent au galop et firent pulser le sang dans ses veines.

— Heu… Bonsoir ! lança Eileen, tout sourire. Vous êtes Jacob McCallan, n'est-ce pas ?

Remis de sa surprise, Jake lui tendit la main.

— En effet.

— Je suis Eileen Naugle. Si vous avez besoin d'aide pour acheter ou vendre, je serai très heureuse de vous aider, déclara-t-elle en lui donnant sa carte de visite.

Jake fronça les sourcils et se tourna vers Avery.

— Tu mets ton appartement en vente ?

— Je t'ai dit que je le ferais.

— Bien, je vous laisse, dit Eileen. N'oubliez pas, Jake : si vous avez besoin de moi, je ne suis pas loin !

Elle s'éloigna vers l'ascenseur. Avery prit le bras de Jake et le fit entrer. Elle referma la porte derrière eux.

— Elle doit être dans le même état que si elle avait gagné au Loto, soupira Avery. Tu vas certainement recevoir une corbeille de fruits au bureau demain, avec une jolie carte disant combien elle a été ravie de te rencontrer !

Son humour ne dérida pas Jake.

— Je croyais que tu ne comptais pas déménager avant la naissance du bébé.

— En effet. Mais cela prendra bien quelques semaines avant que l'appartement soit vendu, et encore quelques autres pour le vendeur s'il doit obtenir un prêt.

Elle avait envie de l'inviter à s'asseoir, de lui demander s'il voulait un café, peut-être de lui parler de sa journée, mais elle l'étouffa. Le Jake guindé de New York n'était pas du genre à vouloir entendre parler de sa journée. L'autre était resté à Paris. Et même si elle avait mélangé les deux aujourd'hui, elle devait se rappeler que le vrai Jake McCallan et elle n'étaient pas compatibles.

— Alors, tu seras dans les parages ?

— Si « dans les parages » signifie « à New York », alors la réponse est oui.

— Tant mieux. Parce que ma mère est rentrée cet après-midi et qu'elle parle déjà d'aller faire du shopping avec toi. Je t'envoie son numéro, reprit-il en sortant son téléphone. Elle aurait l'impression d'être envahissante si c'était elle qui t'appelait en premier.

— C'est très délicat de sa part, releva Avery en riant.

— Elle aimerait aussi être présente pour suivre ta grossesse, mais elle ne veut pas se montrer intrusive.

— Je n'ai plus de travail depuis ce matin. Pendant trois mois, je n'aurai rien d'autre à faire qu'étudier pour l'examen du barreau de Pennsylvanie. Maureen ne sera pas un poids mais plutôt une pause bienvenue.

— Tu es sûre que tu veux bien passer du temps avec ma mère ? insista-t-il, l'air dubitatif.

— Oui. D'autant que tous mes amis travaillent. Un peu de compagnie me fera du bien.

Elle aurait préféré celle de l'homme qui avait dansé avec elle au bal, qui l'avait emmenée faire une promenade au clair de lune le long de la Seine et l'avait embrassée en rentrant dans leur suite. Mais cet homme n'avait été qu'un merveilleux rêve.

— À une seule condition, poursuivit-elle.

— Laquelle ? demanda Jake, l'air soudain inquiet.

— Je refuse qu'elle paie pour tout.

— Ça doit pouvoir s'arranger.

Elle hocha la tête. Ils restèrent face à face, gauches et silencieux.

— Très bien. Je te raccompagne, alors, proposa-t-elle pour rompre l'embarrassant silence.

Ils marchèrent jusqu'à la porte d'entrée.

— Bonne nuit, dit Avery.

— Bonne nuit.

L'air entre eux se figea soudain. Avery se souvint de la manière dont à Paris il lui avait pris la main, l'avait fait pivoter, prise dans ses bras et embrassée.

Elle commença malgré elle à fermer les yeux, comme si une partie d'elle espérait, attendait. Mais Jake lui décocha un sourire crispé et tourna les talons, une seconde avant qu'elle ne lui tende ses lèvres. Quelle idiote ! Elle avait évité de peu l'humiliation de se faire rejeter…

Avery ferma la porte avec un soupir triste. Le Jake de Paris ne devrait pas lui manquer, elle en était persuadée. Elle n'avait même pas désiré leur baiser. Mais c'était plus fort qu'elle. Le Jake ouvert, joyeux, facétieux qu'elle avait entrevu lui manquait – alors qu'elle n'était même pas entièrement sûre qu'il existait.

Elle s'assit sur son canapé mais comprit qu'elle ne voulait plus regarder la télé. Elle sortit son ordinateur portable et chercha les établissements susceptibles de la préparer à l'examen du barreau de Pennsylvanie. Elle en trouva pléthore et commença à faire le tri.

Lorsque son téléphone sonna, elle avait établi une première liste, à affiner. C'était Eileen. Elle avait deux personnes intéressées par l'appartement et désireuses de le visiter dès le lendemain.

— Déjà ? Mais il est tard, non ?

Eileen rit à l'autre bout du fil.

— Je n'aime pas faire traîner les choses, et mes acheteurs potentiels ne sont pas du genre à se coucher avec les poules. Tous deux sont des hommes d'affaires étrangers qui travaillent beaucoup à New York. Ils cherchent quelque chose de simple, beau et bien placé. Et surtout, un endroit où ils peuvent emménager tout de suite. Si j'en amène un à 9 heures et l'autre à midi, cela vous convient ?

Avery donna son accord puis raccrocha. Elle afficha le SMS de Jake pour avoir le numéro de sa mère, qu'elle appela. Elle lui expliqua que son agent immobilier avait deux personnes qui venaient visiter le lendemain et lui demanda si elle était partante pour faire les magasins le matin puis déjeuner avec elle.

— Avec joie ! Où aimeriez-vous aller ?

— Je vous laisse choisir.

La conversation terminée, elle se fit une tasse de thé. Son voyage à Paris lui avait au moins apporté quelqu'un avec qui déjeuner une ou deux fois par semaine pendant les trois mois à venir, se dit-elle avec ironie. Mais penser à Paris n'était pas bon pour son cœur, qui venait de manquer un battement.

Elle secoua la tête. Elle était une grande fille, après tout. Elle pouvait contrôler ce genre d'émotion, non ?

11.

Jake se leva de son fauteuil alors que son frère et sa sœur entraient dans son bureau. Il était heureux de les voir mais se demandait ce qui les avait poussés à venir ensemble lui rendre visite.

Après s'être embrassés, ils s'assirent.

— Quoi de neuf ? demanda Jake.

— Tu as vu maman récemment ? demanda Sabrina.

— À Paris, il y a trois jours. Pas depuis.

— Elle ne parle que de cela ! enchaîna Seth. De combien Avery est merveilleuse et du bébé.

— J'ai vu Avery lundi soir pour lui donner le numéro de maman. Elle voulait la permission de l'appeler, et Avery a été d'accord. Comme Avery a du temps libre d'ici à l'accouchement, je pense qu'elles vont aller faire un peu les boutiques. Quel est le problème ?

— Tu sais que maman est très fragile émotionnellement, en ce moment, dit Sabrina.

— Et être avec Avery va lui faire du bien au moral, affirma Jake.

Seth grimaça.

— Certes, mais pour combien de temps ?

— Au moins trois mois, plaida Jake. Son médecin est ici. Elle ne déménage pas en Pennsylvanie tant qu'elle n'a pas accouché.

Sabrina se décomposa.

— Elle part habiter en Pennsylvanie ? !

— C'est là que vit sa famille. Elle veut y ouvrir son propre cabinet d'avocats.

— Donc maman passe trois mois avec la mère de son petit-enfant, une femme qu'elle adore, semble-t-il, puis celle-ci l'abandonne pour partir habiter en Pennsylvanie, la laissant à nouveau seule ?

Jake se frotta la joue, songeur. Dit comme ça, il comprenait leurs inquiétudes.

— Je ne peux tout de même pas les empêcher de se voir. Ni limiter le temps qu'elles passent ensemble.

— Et pourquoi ne pas trouver un moyen de faire rester Avery, et le petit-enfant de maman, ton enfant, à New York ? demanda calmement Seth.

Jake ferma les yeux. Voir Avery lundi soir avait été la chose la plus difficile qu'il ait jamais faite. Il aurait voulu bavarder avec elle, l'écouter parler de sa journée. Il avait peut-être décidé à Paris qu'ils étaient mal assortis, mais lundi soir, la seule chose qui l'avait empêché de se rapprocher d'elle à nouveau était le fait de savoir qu'elle serait bientôt son adversaire. Ils avaient trop partagé. Étaient devenus trop proches. À cause de cela, il était vulnérable.

Donc, il ne voulait pas la convaincre de rester. Au contraire, il avait besoin qu'elle parte.

— Je ne peux pas. Et même si je pouvais, vous n'avez pas l'impression de paniquer un peu trop vite ? Dans trois mois, maman ira certainement mieux. Et si Avery et elles se sont rapprochées, maman sera heureuse d'aller passer du temps en Pennsylvanie avec son petit-enfant, et Avery sera heureuse de venir passer des week-ends à New York avec elle.

— Je me suis renseignée. Il faut au moins un an pour commencer à se remettre de la perte d'un proche. Et papa est mort il y a cinq mois.

— Dans trois mois, cela fera huit mois. Faisons-lui confiance, faisons confiance à Avery, qui est quelqu'un de bien. Ce bébé est peut-être justement ce dont maman a besoin.

— Si Avery reste assez longtemps à New York, dit Seth en se levant.

— Et n'oublie pas qu'Avery ne vient pas du même monde que nous, renchérit Sabrina. Si maman s'attache à elle mais qu'Avery s'éloigne pour une raison ou une autre, cela pourrait lui faire encore plus de mal.

Jake hocha la tête. Sabrina n'avait pas tort. Il raccompagna son frère et sa sœur, puis essaya de joindre Avery pour lui rappeler que leur mère était encore fragile. Elle ne répondit pas. Il essaya de nouveau deux fois plus tard dans la journée, en vain. Il finit par lui laisser un message en l'informant qu'il passerait à son appartement le soir même. Ce n'était pas une bonne idée de la revoir, mais sa mère était sa priorité.

— Jake ! Qu'est-ce que tu fais là ? demanda Avery avec un grand sourire en ouvrant la porte.

Elle avait les cheveux en désordre, les yeux brillants et l'air heureux. Bon sang, comme il avait envie de la prendre dans ses bras et de l'embrasser à perdre haleine !

— Je suppose donc que tu n'as pas eu mon message…

— Je n'ai pas touché à mon téléphone de la journée !

Sa bonne humeur ramena Paris à la surface : leurs danses, leurs rires, leurs flâneries. Il devrait faire demi-tour et partir. Fuir loin d'elle. Courir. Mais il devait lui parler de sa mère.

— Je peux entrer ?

— Bien sûr !

Une délicieuse odeur flottait dans l'appartement.

— Tu prépares une sauce bolognaise ?

— La recette de ma mère ! s'exclama Avery, toute fière. Les spaghettis sont en train de cuire, j'ai de la salade et des petits pains au four. Tu veux rester dîner ?

Elle lui souriait. La prudence lui dictait de lui dire ce qu'il avait à lui dire concernant sa mère – peut-être de limiter leurs rencontres – puis de s'en aller avant que son désir ne lui fasse franchir la ligne rouge. Mais juste à cet instant, son estomac gargouilla.

— Ne me dis pas que tu n'as pas faim ! lança Avery en

éclatant de rire. Et puis j'en ai préparé beaucoup trop pour moi toute seule.

Elle gagna la cuisine, toujours aussi pimpante, légère, et contrôla la cuisson des pâtes. Il la suivit. L'espace était lumineux, avec des placards blancs, un plan de travail en marbre et un immense îlot fait pour cuisiner. Elle recula au moment où il passait derrière elle. Il la prit par les épaules pour éviter qu'ils se heurtent. Ses mains descendirent jusqu'à sa taille, comme mues par une volonté propre. Leurs regards se croisèrent. Malgré tous ses efforts, il n'arrivait pas à détacher les mains de sa taille.

— Je… Désolé, bredouilla-t-il.

Les yeux d'Avery s'assombrirent de désir, un désir qui faisait écho au sien. Il mourait d'envie de l'embrasser, de faire descendre ses mains plus bas, sur ses fesses fermes qu'il aimait tant agripper lorsqu'ils faisaient l'amour. Il eut une soudaine érection, qu'il s'efforça de dissimuler en se retournant.

— J'aime beaucoup ta cuisine.

Avery était occupée à remuer sa sauce, ce qui le soulagea.

— Je voulais une cuisine fonctionnelle, bien sûr, mais aussi spacieuse, agréable à vivre.

Tandis que tout son corps vibrait encore de désir, l'expression d'Avery était redevenue normale, comme si elle n'avait rien ressenti. La tentation de l'embrasser, de lui rappeler à quel point ils étaient bien ensemble le traversa, mais sa raison l'emporta.

Paris avait été une parenthèse enchantée, mais aussi une source de confusion. Il avait fait durant ces quelques jours beaucoup de choses qu'il ne faisait pas d'habitude, comme se confier à quelqu'un qu'il connaissait à peine. Bien qu'il ait été soulagé de se décharger de ce fardeau, il ne comprenait pas vraiment pourquoi il était devenu si confiant avec elle alors qu'elle pourrait utiliser ce qu'il lui avait dit contre lui. Il ne pensait pas qu'elle le ferait, mais cette négligence l'avait rendu perplexe.

Il devait faire attention, ne pas aborder des sujets trop graves et s'enfuir d'ici dès que la politesse le permettrait.

— Tu aurais dû être décoratrice d'intérieur, déclara-t-il avec un sourire.

— Aménager cet endroit a été génial. Mais être avocat, c'est encore plus génial. Trouver le point faible de l'adversaire et frapper, quel bonheur ! C'est bon pour la tête. Purifiant.

Jake rit, mais il savait que trouver le point faible était la seconde nature d'Avery. Elle n'était pas la femme douce et gentille qu'il persistait à voir, ni celle avec laquelle il avait dansé à Paris. *Ne l'oublie pas !* s'ordonna-t-il.

— Je peux mettre la table ? T'aider d'une manière ou d'une autre ? demanda-t-il en ôtant sa veste et en relevant les manches de sa chemise.

Avery lui indiqua où se trouvaient assiettes et couverts. Il dressa la table dans la salle à manger. Il posa sur la table les petits pains tout chauds. Elle sortit une bouteille de vin et dressa les assiettes, qu'il apporta à leurs places.

— Je suis sûr que tu cuisines bien plus que tu ne veux bien l'admettre.

— Pas du tout. Ceci fait partie des tentatives de ma mère pour faire de moi une femme convenable. Je meurs de faim !

— Je croyais que tu avais déjeuné avec ma mère…

— Hier. Et même si tel avait été le cas, notre enfant adore manger ! ajouta-t-elle en posant la main sur son ventre.

Ils commencèrent à manger.

— C'est délicieux, affirma-t-il, sincère.

— Tout est dans la recette !

— Et le timing. Et le talent. N'oublie pas que je cuisine. Moins bien que toi, mais je sais que pour réussir une telle sauce, il ne suffit pas d'ouvrir un livre de recettes !

Avery faillit lever les yeux au ciel. Bien que les paroles de Jake aient été flatteuses, il les avait dites comme un patron qui parle à une employée. Cela lui avait fait plaisir, certes, mais sans vraiment la toucher.

Elle l'étudia. Même visage, mêmes cheveux, mêmes yeux bleu cristal, mais elle n'imaginait pas l'homme qui lui faisait face danser.

Elle but une gorgée d'eau. Paris lui manquait, mais elle savait que c'était pour le mieux. Ils avaient besoin de *s'entendre*, et elle ne voulait pas seulement s'entendre avec le Jake de Paris. Elle voulait l'embrasser. Elle voulait tomber amoureuse de lui. Elle voulait qu'il la fasse chavirer…

Elle éprouva soudain un désir si intense qu'un soupir langoureux lui échappa presque. *Ne sois pas ridicule !* Elle ne pouvait pas s'autoriser à désirer quelque chose qu'elle ne pouvait pas avoir, qui n'existait d'ailleurs sans doute que dans son imagination.

Pourtant, elle n'avait pas imaginé ce qui s'était passé entre eux à Paris. Plusieurs fois, en marchant dans les rues, en dansant, en riant, en parlant de son père, elle avait eu l'impression d'avoir affaire au vrai Jake. C'était ce qui la dérangeait. Et si ce Jake qui dégustait ses spaghettis était l'aberration, et que Jake de Paris était le vrai ?

La sonnerie du téléphone la tira de ses pensées.

— Je dois répondre, c'est sans doute Eileen. Deux personnes ont visité l'appartement hier et je meurs d'impatience de savoir si un des deux a fait une offre !

Elle se leva de sa chaise pour répondre. C'était Eileen en effet. Qui alla droit au but :

— J'ai deux offres ! J'ai passé l'après-midi au téléphone à faire des allers et retours entre les deux acheteurs. Et je vous ai obtenu deux cent mille dollars de plus que le prix que nous avions fixé ensemble !

Avery tituba, sous le choc.

— Quoi ? ! Mais c'est merveilleux !

— Oui. Il y a juste une petite condition… L'acheteur paie comptant et il veut entrer dans les murs lundi.

— Lundi ! s'exclama-t-elle. Mais je ne peux pas être partie d'ici à lundi !

— Bien sûr que vous pouvez ! Laissez-moi négocier la vente de vos meubles en plus. Vous engagez un déménageur, vous emballez tous vos effets personnels et vous remplissez un petit utilitaire rempli. Vous êtes partie en quatre jours !

La perspective d'obtenir deux cent mille dollars de plus que prévu était trop belle pour laisser passer l'occasion. Ce n'était pas comme si elle travaillait : elle avait le temps de s'organiser.

— Très bien, Eileen. Si l'acheteur prend aussi les meubles, l'appartement est à lui lundi.

— Lundi ! entendit-elle Jake s'écrier d'un ton ébahi.

— Félicitations ! lui lança Eileen.

Avery la remercia et raccrocha.

— Ne me dis pas que tu as accepté de quitter ton appartement avant lundi…, dit Jake, comme si elle était une enfant prise en faute.

Avery lui expliqua la situation et pourquoi elle avait dit oui.

— Et tu sais déjà sous quel pont tu vas dormir ? la provoqua-t-il, le visage fermé.

— Je peux aller à Wilton. Chez mes parents d'abord, le temps de trouver une maison à moi.

— Je croyais que ton médecin était à New York.

— Je ne peux pas rester si je n'ai plus d'endroit où habiter.

— Tu peux habiter avec moi.

La proposition était si inattendue et déplacée qu'Avery éclata de rire. Mais Jake restait impassible, les yeux braqués sur elle. Elle plissa le front.

— Oh ! tu es sérieux ?

Elle s'imagina soudain prendre le petit déjeuner avec lui, attendre qu'il rentre à la maison le soir, et l'intimité que la situation entraînerait. Non, c'était trop ! Même si elle aurait aimé attirer le Jake de Paris de ce côté-ci de l'Atlantique, elle n'était pas forcément prête à vivre avec lui. Alors avec sa version originale, n'en parlons pas…

— Je ne crois pas, Jake, dit-elle doucement.

Il poussa un long soupir.

— Bon, pas chez moi, d'accord. Mais que dirais-tu de notre maison de famille, au bord de la plage, à Montauk ? Il fait encore chaud, tu ne travailles pas : tu pourrais en profiter.

— En Pennsylvanie, je pourrais commencer à prospecter pour…

— Ton médecin est ici, l'interrompit-il. Ma mère a envie de t'accompagner dans les derniers mois de ta grossesse. Tu as gagné beaucoup plus d'argent que prévu. Repose-toi. Pense à toi. Prends du bon temps.

Avery se mordilla l'intérieur de la joue, tiraillée. La pensée de n'avoir rien à faire qu'étudier pendant trois mois dans les Hamptons, au bord de la mer, où elle pourrait prendre le soleil, s'aérer, manger sain, était tentante.

— Si tu ne le fais pas pour toi-même, fais-le pour moi, insista Jake, pressant. Ma mère va mal depuis la disparition de mon père. Elle est revenue de Paris transfigurée, ne parlant que du bébé et de toi. Tu lui fais du bien, Avery.

Elle fut touchée en plein cœur par sa manière de se soucier de sa mère. Pas parce qu'elle trouvait exceptionnel qu'il soit prévenant avec elle, mais parce qu'elle réalisait soudain le fardeau familial qu'il portait sur ses épaules. Elle en avait appris assez sur lui à Paris pour savoir que sa vie n'était pas facile. Elle ne voulait pas la rendre plus difficile, surtout quand elle pouvait alléger son fardeau sans que cela lui coûte trop – passer trois mois dans une maison sur la plage, il y avait pire sacrifice, non ?…

— D'accord.

Jake ouvrit tout grand les yeux.

— D'accord ? répéta-t-il d'une voix incrédule.

Elle hocha la tête de haut en bas. En constatant combien il semblait soulagé, elle eut le sentiment que sa décision était la bonne. Non pas qu'elle ait fait quelque chose de bien, mais elle avait l'impression qu'ils avaient pris une décision *ensemble*, comme une équipe.

— Merci, dit-il avec gratitude.

Avery tâchait de ne pas oublier qu'il était dangereux de commencer à aimer Jake-le-Guindé. Il n'était pas vraiment un homme *aimable*. Il pourrait l'être. Elle avait perçu son désir un peu plus tôt dans la soirée, près de la cuisinière, quand il avait posé les mains sur elle. Elle l'avait même vu – la bosse qui avait déformé son pantalon laissait peu de place au doute… Mais il s'était ressaisi, parce qu'il était trop fier ou orgueilleux pour céder à ce désir.

C'était le vrai problème : Jake pourrait l'aimer, mais il ne voulait pas. Il serait dangereux pour son cœur de ne pas s'en souvenir.

12.

Les jours suivants passèrent dans un tourbillon pour Avery. La seule entreprise de déménagement disponible à court terme n'était pas disponible avant le samedi. Elle avait donc bien entamé les préparatifs lorsqu'ils arrivèrent. Le dimanche matin, quand Maureen débarqua à l'improviste pour l'inviter à déjeuner, les cartons étaient faits et les déménageurs finissaient de les charger.

Avery réfléchissait à toute vitesse, légèrement mal à l'aise. Quelques semaines en arrière, les McCallan ne savaient pas qu'elle était enceinte ; aujourd'hui, ils dirigeaient presque sa vie. Non seulement Jake l'avait convaincue de rester à proximité de New York et lui avait fourni un endroit, mais maintenant Maureen était là pour veiller sur elle. Elle n'ignorait pas que des gens comme les McCallan avaient l'habitude de décider et d'être obéis. Elle avait donc l'intention d'être très prudente dans ses rapports non seulement avec Jake, mais aussi avec la mère de celui-ci.

— Vous savez, je ne vais vraiment pas avoir besoin d'aide. Jake m'a dit qu'il y avait une pièce à l'arrière de la maison où je pourrais stocker mes cartons.

Maureen lui passa le bras autour des épaules et la mena vers la porte.

— Pourquoi ne pas commencer à chercher une maison en Pennsylvanie dès maintenant ? Un emménagement, ça se prépare ! Il y a des papiers à signer, de clauses, des délais !

— C'est… C'est une bonne idée, bredouilla Avery, déconcertée.

— J'appelle Jake pour lui dire de nous retrouver à Montauk avec les clés de la maison, et sur le trajet, nous pourrons regarder les petites annonces !

La petite peur que les McCallan soient en train de prendre la direction de son existence s'estompa. Elle s'en voulut d'avoir été aussi paranoïaque. Si les McCallan considéraient son déménagement comme acquis, elle n'avait pas à s'inquiéter.

Les deux heures et demie de route jusqu'à Montauk passèrent en un clin d'œil. Maureen et elle comparèrent des maisons, discutant de leurs avantages et de leurs inconvénients. Maureen préférait les maisons de style Cape Cod, si typiques de la Nouvelle-Angleterre et du XIXe siècle, mais pour Avery, leur surface était trop cloisonnée.

Lorsqu'ils empruntèrent l'allée qui menait à la résidence secondaire des McCallan, Avery cligna des yeux. Elle se demanda ce que Maureen avait bien pu trouver positif dans toutes les maisons qu'elles avaient vues en ligne. Comparée à l'immense bâtisse qui se dressait devant elle, même la grande maison coloniale qu'elles avaient commentée semblait minuscule.

La limousine s'arrêta devant le perron et elles en descendirent. Avery fixa les trois étages de pierre, avec de larges fenêtres et des volets bruns. Le lieu aurait pu être un des châteaux de la famille royale d'Angleterre.

— Waouh ! laissa-t-elle échapper, impressionnée.

Jake ouvrit la porte et s'avança vers elles. Vêtu d'un jean et d'un T-shirt, avec ses cheveux en bataille et sa barbe de trois jours, il était sexy à se damner. Le Jake de Paris, songea Avery. Souvenirs et images revinrent à l'assaut, qu'elle repoussa avec vaillance.

— Changement de plan, donc, lança-t-il.

— Je... Euh... Tout était emballé, ce n'était pas la peine d'attendre.

Seigneur, voilà qu'elle bégayait à présent ! Elle cligna des yeux pour repousser une nouvelle attaque d'images sensuelles, en vain. Heureusement, Maureen la sauva en tendant à son fils les sacs de nourriture à emporter qu'elles avaient achetée à un traiteur chinois.

— Déjeune avec nous, Jake ! Ensuite, tu pourras expliquer à Avery tout ce qu'elle a besoin de savoir à propos de la maison.

Elle aurait préféré qu'il parte. Elle aimait un peu trop le Jake de Paris et ne voulait pas commencer à superposer ses caractéristiques sur le vrai Jake, comme c'était déjà arrivé dans son appartement.

Le vestibule était immense. Ils gagnèrent la cuisine, située à l'arrière de la maison. La vue sur l'océan était époustouflante.

— Mon Dieu…, ne put s'empêcher de lâcher Avery dans un souffle.

— N'est-ce pas charmant ? dit Maureen derrière elle.

— Et attends de voir la vue depuis le troisième étage !

Pendant que, dans la cuisine immaculée, qui faisait presque la taille de son appartement, la nourriture chinoise réchauffait dans un des trois fours, ils firent un tour rapide du rez-de-chaussée : une salle de réception, une bibliothèque, une salle de divertissement et trois salons, dont un donnant sur l'océan.

Avery fut gagnée par une sensation de malaise insidieuse. Elle n'avait besoin que d'une salle de bains, d'une chambre et d'une cuisine. Cette maison était écrasante. Pas confortable, pas douillette. Elle ne voulait pas insulter Jake ou sa mère, mais elle n'avait aucune idée de la manière dont quelqu'un pouvait *se détendre* ici.

Après le déjeuner, Maureen rentra à New York, avançant qu'elle voulait laisser Avery s'installer tranquillement. Après son départ, Jake mena Avery au salon qui donnait sur la mer. Il ouvrit les baies vitrées et un courant d'air tiède et salé s'engouffra dans la pièce. Cela rappela à Avery des vacances d'avant l'arrestation de son père ; elle adorait la plage, à l'époque.

— C'est incroyable…

Pour la toute première fois, elle pouvait imaginer son enfant se fondre dans la vie des McCallan. Pas l'aspect limousines, appartements de luxe et manoirs, mais le grand jardin et la plage. Elle pouvait voir une petite fille en maillot de bain rose à volants qui faisait un château de sable, ou un petit garçon qui courait vers les vagues en riant.

Son cœur se serra. Pendant tout le temps où elle avait pensé à ses sentiments pour Jake, à la façon dont il se comportait avec elle, elle avait raté l'évidence : cet homme austère et conventionnel était le père de son enfant. Avery pourrait passer à autre chose, mais son enfant devrait composer avec ce Jake pour toujours.

— Je te montre les étages ?

Elle le fixa un instant. Quel Jake ferait le meilleur père ? se demanda-t-elle.

— Je te suis.

Ils revinrent dans le vestibule et commencèrent à monter par le large escalier circulaire. Parvenus au second étage, Jake se tourna vers elle.

— Bon sang ! J'ai complètement oublié ta voiture ! Tu es venue avec ma mère, elle est donc restée à New York.

— Je n'ai pas de voiture.

— Tu n'as pas… Tu prenais le métro pour aller travailler ?

Il avait dit « métro » comme si c'était une maladie honteuse.

— Je n'ai pas les moyens de payer un parking à Manhattan. Et le métro, c'est très pratique, et économique.

— Désolé, dit-il d'un air piteux. Je comprends.

Cet échange raviva les craintes d'Avery. Au contact des McCallan, son enfant risquait d'avoir une conception biaisée de la vie.

Jake lui montra sans y entrer une première chambre, une deuxième, puis pénétra dans la troisième. Elle était vaste, avec un lit immense, deux grandes armoires et deux fauteuils postés devant une baie vitrée.

— Je vais te monter quelques cartons avec les affaires dont tu as besoin.

Avery secoua la tête. Ses pires angoisses concernant la garde et l'éducation de leur enfant étaient remontées à la surface. Elle avait besoin d'être un peu seule.

— Je vais me débrouiller.

Jake soupira. Il ne voulait pas contrarier Avery, mais ce n'était pas une bonne idée de la laisser dans son état monter deux étages avec des cartons.

— Tu es sûre ?

— Oui. Ne t'inquiète pas.

— Très bien…

Il avait compris que son commentaire sur le métro avait changé l'humeur d'Avery. Le détestait-elle ? Ils ne deviendraient peut-être pas les meilleurs amis, mais il n'aimait pas l'idée qu'ils deviennent ennemis.

Or, pouvait-on être adversaires sans être ennemis ?

Son père aurait répondu par la négative. Mais il avait passé sa vie à travailler sur lui-même pour ne pas devenir comme son père.

Pendant qu'ils descendaient les escaliers en silence, Jake reçut un message de Bill Cummings, l'un de ses vice-présidents. La rumeur disait que leur devis sur un appel d'offres auquel leur entreprise avait répondu pour un marché était beaucoup plus élevé que celui de leur plus dangereux concurrent. Il expliqua à Avery qu'il devait aller dans la bibliothèque pour appeler Bill. Elle acquiesça et se dirigea vers l'arrière de la maison, où les déménageurs avaient déposé ses cartons.

Après deux heures de discussion avec Bill, il partit à la recherche d'Avery. Il ne la trouva nulle part dans la maison – il avait évité sa chambre afin de ne pas la déranger si elle faisait une sieste ou prenait une douche, ce qui était sans doute le cas.

Il ne voulait pas partir sans lui dire au revoir et faire la paix, aussi retourna-t-il dans la bibliothèque. Il se replongea dans l'examen minutieux de leur offre financière et ne leva la tête qu'une heure plus tard, au moment où Avery entrait dans la pièce.

Elle avait l'air ensommeillé et les cheveux ébouriffés. Son souffle se bloqua dans sa gorge. Comme elle était belle ! Belle et sexy. La femme la plus désirable et attirante qu'il ait jamais rencontrée ; et aussi la plus gentille, avait-il réalisé depuis quelque temps. Il ne réagirait pas comme son père. Le problème était de savoir comment réagir autrement, pour changer les choses…

— Tu as dormi ?

— Oui. Je pensais que tu étais parti, mais quand je suis allée dans la cuisine pour me faire un sandwich, j'ai vu ta voiture.

Il se leva de son siège et contourna le bureau.

— Oui. Je ne voulais pas partir sans te dire au revoir.

Et faire la paix, mais qu'aurait-il pu dire ? *Je suis désolé d'être riche ? Je suis désolé de vouloir plus de temps avec mon enfant que ce que tu es prête à m'accorder ?*

Avery sourit.

— Merci.

Ce sourire provoqua en lui des remous qu'il ne comprendrait jamais. Il avait envie de passer les doigts dans ses cheveux, de lui relever son menton pour l'embrasser.

C'était un problème. Un *gros* problème.

S'ils voulaient rester amis, il leur faudrait gérer leur attirance réciproque. Parce que quand, par une sorte d'accord tacite, ils y avaient cédé, Jake l'avait embrassée et lui avait confié des choses qu'il aurait dû garder pour lui-même.

— Maintenant que tu es reposée et installée, je vais te laisser, dit-il.

Elle bâilla.

— Je vais prendre une douche et me recoucher, je pense.

Un sentiment étrange s'empara de lui, un peu comme lorsqu'ils marchaient côte à côte à Paris et qu'elle ne le laissait pas lui tenir la main. Pas de la gêne. Pas un sentiment de malaise non plus. C'était plutôt de la mélancolie. Qui ne venait pas de lui, qui venait d'elle.

Elle resta sur le seuil tandis qu'il marchait vers sa voiture. Une fois qu'il eut démarré, elle recula à l'intérieur de la maison, puis ferma la porte derrière elle.

Tout en conduisant, Jake pensait à Avery. Elle d'habitude si joyeuse avait semblé éteinte, aujourd'hui. Il l'avait crue en colère, mais peut-être était-elle seulement triste…

Il aurait adoré être le genre de gars qui fait demi-tour sans se poser de questions pour le lui demander. Hélas, des questions, il s'en posait trop. Que dirait-il ? *Tu avais l'air triste, je me suis senti mal.* Ce serait trop. En plus, elle le penserait devenu fou.

Il avait roulé une heure quand il se souvint qu'elle n'avait pas de voiture. Non seulement il l'avait installée dans une énorme maison qui la mettait mal à l'aise, mais il l'avait bloquée là.

Voilà une bonne raison pour y retourner.

Il fit demi-tour. Quand il arriva, il faisait nuit. Pas une seule lumière ne brillait aux fenêtres de la maison. Il ouvrit doucement la porte d'entrée. Avery dormait probablement, il ne pourrait donc pas lui parler. Il gagna la cuisine, alluma la lumière, trouva un stylo et du papier dans un tiroir. Ensuite, il écrivit une note expliquant qu'il laissait la clé de sa voiture, qui était garée dans l'allée.

Quel idiot ! Il aurait dû d'abord appeler son chauffeur. En fait, il aurait dû l'appeler sur le chemin du retour. Maintenant, il était tard.

Il envoya un message à Gerry.

Viens me chercher à la maison de la plage demain matin vers 9 heures.

Il allait avoir la chance de parler à Avery, finalement…

Avery se réveilla en sursaut, son cœur battant, haletante. Elle regarda autour d'elle et se souvint qu'elle était dans la maison de vacances des McCallan. Elle se calma et sortit du lit. Elle allait devoir s'habituer au vide et à l'immensité de cet endroit.

Elle se brossa les dents, se lava le visage et gagna sur la pointe des pieds le couloir silencieux. C'était étrange, un peu angoissant. Elle avait l'impression de ne pas être seule, que quelqu'un la suivait.

Elle se figea. Elle avait entendu un bruit, elle l'aurait juré. Un faible bruit, mais un bruit. Devenait-elle déjà folle ?

Elle descendit en courant le grand escalier circulaire en essayant de se raisonner. S'il y avait quelqu'un d'autre dans la maison, c'était sans doute une femme de ménage ou un jardinier. Un employé des McCallan en tout cas.

Calme-toi !

Ce n'est pas parce qu'elle était coincée seule dans un gigantesque manoir que quelque chose allait lui arriver. Elle n'était pas dans un film d'horreur mais à Montauk, au bord de la mer !

En arrivant près de la cuisine, elle ralentit et fronça les sourcils. Elle avait peut-être imaginé avoir entendu un bruit, mais l'odeur des toasts ? Ou étaient-ce des bagels ?

— Bonjour !

Son cœur manqua un battement.

— Jake ? Qu'est-ce que tu fais là ?

— Des bagels !

Il l'accompagna jusqu'à la table et l'installa face à l'océan. Hébétée, Avery se laissa faire. Jake avait-il deviné à quel point elle était mal à l'aise, et était-il revenu la nuit précédente pour la protéger ? Si tel était le cas, c'était la chose la plus adorable qu'il avait jamais faite pour elle.

Il posa deux bagels sur la table et s'assit en face d'elle.

— Merci.

— De rien.

Il portait les mêmes vêtements que la veille, mais sa barbe de trois jours avait disparu. *Parce qu'on est lundi*, songea-t-elle.

— Tu ne devrais pas être au travail ?

— Mon chauffeur vient me chercher à 9 heures.

Peut-être n'était-il pas revenu pour elle, mais parce qu'il était tombé en panne ?

— Qu'est-il arrivé à ta voiture ?

— Rien, répondit-il. Sur le chemin du retour, hier soir, je me suis rendu compte que je t'avais abandonnée ici sans moyen de transport. J'ai décidé de te laisser la Porsche, donc je suis revenu.

Une émotion tiède et bienfaisante envahit Avery. Jake était revenu parce qu'il l'avait sentie mal à l'aise.

— Je n'ai pas voulu te déranger, tu dormais sans doute. Et je me suis dit qu'il ne serait pas sympa de ma part d'obliger Gerry à venir me chercher ici un dimanche soir.

Son pouls s'accéléra en constatant que le Jake de Paris n'était peut-être pas si loin… À ce moment, le bébé lui décocha un tel coup de pied qu'elle grimaça.

— Aïe ! Tu es un petit footballeur ? demanda-t-elle en baissant la tête vers son ventre.

— Le bébé ?

— Oui.

Elle vit qu'il mourait d'envie de le toucher, mais qu'il n'oserait pas le lui demander.

— Allez, viens lui dire bonjour, lui proposa-t-elle en riant.

Il se leva, se baissa pour avoir les yeux au niveau de son ventre et mit ses mains de chaque côté de son ventre, comme elle le lui avait appris à Paris. Le bébé ne donna pas de coup de pied, cette fois. Il s'étira et roula. Jake leva vers elle un regard étonné.

— Il a changé de position !

Avery aurait pu être gênée par cette proximité si intime, mais Jake semblait si heureux qu'il n'en était rien. C'était cet homme-là qu'elle voulait pour père de son bébé, cet homme qui ne se surveillait pas sans cesse, qui ne réfléchissait pas à tout en toute situation. Cet homme qui savait se laisser aller à ses émotions.

— Il est probablement fatigué d'être au même endroit tout le temps, plaisanta-t-elle.

— Et à l'étroit !

Le bonheur dans sa voix lui fit chavirer le cœur. Il aimait ce bébé, elle le sentait. Elle trouvait étrange à présent d'avoir été tellement certaine que Jake serait plus heureux s'il n'apprenait pas qu'il était père. Ce Jake-là ferait un bon père. Elle devrait donc lui apprendre – ou l'encourager – à être lui-même avec leur bébé.

Le téléphone de Jake tinta sur la table, interrompant la magie du moment. Jake le saisit et regarda l'écran.

— C'est Gerry, mon chauffeur.

Il avait soudain l'air perdu, comme un animal pris au piège.

— Tu es sûr que ça va aller, seule ici ?

— Bien sûr. Ne t'inquiète pas.

Avery sourit. Elle essayait de ne pas avoir l'air ingrate. Elle aimait le Jake gentil, prêt à être père. Elle aurait voulu qu'il se comporte ainsi tout le temps.

Il mit son téléphone dans sa poche et se tourna vers elle. Pendant quelques secondes, Avery crut qu'il allait l'embrasser. Pas un baiser bouleversant et exaltant comme celui de Paris, un baiser d'adieu. Leurs regards étaient imbriqués. Il rompit le contact et quitta rapidement la cuisine.

Avery bascula lentement la tête en arrière, ferma les yeux et poussa un long soupir. Ce « presque baiser » lui prouvait que Jake était en train de devenir le vrai Jake, celui de Paris. Qui non seulement ferait un père génial, mais était digne de confiance.

Et cela renforçait ses sentiments pour lui. Or, était-il intelligent de lui faire confiance alors qu'elle n'était pas vraiment sûre que les changements dureraient ?

13.

Elle déteste la maison !

Jake n'avait toujours pas réussi à se débarrasser de cette pensée obsédante lorsqu'il arriva au siège de McCallan. S'ils devaient s'entendre, il lui fallait régler ce problème d'abord.

Lorsqu'il croisa Seth dans le hall, la solution le frappa.

— Tes amis et toi, vous avez toujours votre petite maison à Montauk ?

— Oui. On ne l'utilise plus beaucoup maintenant que Clark a épousé Harper et que Tina et Oz vivent ensemble.

— Parfait ! J'en ai besoin. Avery a vendu son appartement. Je lui ai proposé d'habiter dans la maison de famille pendant trois mois mais elle la déteste.

— Comment peut-on détester cette maison ?

— Elle est trop grande pour elle toute seule. Je suis sûr qu'elle sera bien plus heureuse dans votre bungalow. Si tu es d'accord, bien sûr.

— Je préfère même que quelqu'un l'occupe, pour être franc. Bon sang, je regrette le bon vieux temps où on pouvait partir tôt le vendredi et aller boire des bières là-bas pendant trois jours ! ajouta Seth avec une pointe de nostalgie.

— Pas moi ! s'exclama Jake.

Il se souvenait avoir dû une fois ou deux faire le trajet jusqu'à Montauk pour faire sortir Clark, Oz et son frère de prison en payant leur caution.

— Je dois avoir un jeu de clés dans mon bureau. Je les donne à ta secrétaire.

— Merci, Seth.

Jake décida de ne pas téléphoner à Avery mais de lui faire la surprise. Comme il avait noté qu'elle était plus détendue avec lui quand il n'était pas en costume, il passerait chez lui se changer – jean, T-shirt et baskets. Puis, après le déjeuner, il demanderait à Gerry de le ramener à Montauk. Il travaillerait dans la limousine. Il prévint ses collaborateurs et appela son chauffeur, excité par son idée, impatient de la mettre à exécution – il évita de se demander pourquoi…

— Il y a quelqu'un ? cria Jake en entrant dans le vestibule.

— Dans la cuisine !

Jake l'y trouva en train de se préparer un sandwich. Elle le regarda de la tête aux pieds avec un petit sourire en coin. Il dut se retenir pour ne pas la prendre dans ses bras et l'embrasser.

— Que se passe-t-il ? demanda-t-elle enfin. Pourquoi es-tu revenu ?

— J'ai une surprise.

— Vraiment ?

Son sourire s'agrandit. Elle semblait aux anges. Le pouls de Jake s'accéléra. Il se rendait compte qu'il aimait faire plaisir à Avery. L'attirance qu'il éprouvait pour elle compliquait tout, mais tant qu'il pouvait y résister…

— Seth possède un bungalow juste à côté d'ici, qu'il avait acheté avec des amis pour venir faire la fête. Comme ses amis se sont casés, plus personne ne l'utilise. Il est à toi pour trois mois, si tu veux.

— Tu me fais déménager ?

— Seulement si tu en as envie. Allons voir le bungalow de Seth, et tu me diras.

— D'accord.

Ils sortirent. En passant devant la limousine, Avery s'inquiéta de savoir si Gerry n'allait pas commencer à trouver le temps long.

— Et d'une, je le paie très bien, et de deux il prend des cours du soir et quand il doit m'attendre longtemps, il révise.

— Désolée, marmonna Avery, l'air contrit.

— Ne le sois pas. Je préfère que tu me dises les choses plutôt que de me détester en silence.

— Je ne te déteste pas, murmura-t-elle en s'installant dans le siège passager de la Porsche.

Le soulagement qu'il éprouva alors lui donna envie de chanter. Et tout à coup il comprit que ce n'était pas lui qu'Avery détestait mais son mode de vie ; et que la faire habiter dans l'immense maison de famille des McCallan n'avait rien arrangé.

En cinq minutes, ils furent chez Seth. Jake vit le regard d'Avery s'éclairer.

— Oh mon Dieu !

Une allée en pierres blanches menait à la porte d'entrée bleu marine, assortis aux volets bleu-vert et blancs. La petite maison respirait la paix et la tranquillité, dut reconnaître Jake en son for intérieur.

Avery ouvrit sa portière et se précipita vers la bâtisse, qui était un peu plus près de la mer que celle de sa famille. Dès qu'il eut ouvert la porte d'entrée, Avery fit le tour du rez-de-chaussée. Un canapé brun et deux chaises étaient posés sur un tapis beige, qui recouvrait un plancher en bois massif. Des coussins multicolores et des rideaux orange vif apportaient des touches bienvenues de couleur. Ouverte sur le salon, une grande cuisine blanche offrait une vue magnifique sur l'océan.

— C'est parfait ! s'exclama Avery, rayonnante.

— Trois chambres, trois salles de bains et une immense terrasse.

Elle se rapprocha de lui, capta son regard et le tint, grave.

— Tu n'étais pas obligé de faire ça.

— C'était affreux de te sentir si mal à l'aise.

Elle lui sauta au cou et l'étreignit.

— Merci ! s'exclama-t-elle joyeusement.

Jake ferma les yeux, pétri de bonheur, un bonheur d'un genre rare. Précieux. Leur bébé était posé contre son ventre. Ce moment parfait le bouleversait. Au-delà de sa responsabilité envers Avery et leur bébé, il avait l'étrange sentiment d'être à sa place avec elle.

Ils n'étaient plus des ennemis.

Mais tant qu'ils n'avaient pas conclu d'accord, ils étaient toujours des adversaires. Et s'il commençait à bien s'entendre avec Avery, il allait perdre le contrôle.

« Négocie toujours en position de force ! » lui serinait son père. Il avait toujours pensé que c'était un des seuls bons conseils que son père lui avait donnés. Or, si c'était vrai en affaires, qu'en était-il dans la vie quotidienne, dans les rapports humains ? La façon dont son père l'avait traité et élevé avait fait de lui un homme d'affaires retors ; tellement qu'il avait été capable d'évincer son propre père de l'entreprise familiale. Mais celui-ci ne lui avait rien appris sur la paternité ou les relations personnelles avec ses semblables.

Voilà, comprit-il, ce qui le préoccupait vraiment depuis qu'Avery lui avait dit qu'elle était enceinte, au-delà du fait qu'il ne savait pas comment devenir un bon père : il ignorait comment avoir une vie personnelle.

La conclusion était si violente qu'il eut presque besoin de s'asseoir. Avery le trouvait guindé. Il ne l'était pas, il se tenait seulement toujours à distance. Ce qui rendait la vie plus facile.

Comme lui, Avery devait s'adapter à une situation nouvelle, qu'elle n'avait pas choisie. Elle devait composer avec lui. Mais elle le faisait beaucoup plus honnêtement que lui. Tout ce temps, il avait pensé qu'il se protégeait, alors qu'il ne savait tout simplement peut-être pas comment lâcher prise…

Il s'écarta d'Avery.

— Allons chercher tes affaires !

— Super ! lança-t-elle en se dirigeant vers la porte.

De retour au manoir McCallan, Avery monta préparer son sac. Jake lui avait proposé son aide mais elle avait refusé. Elle ne désirait prendre que quelques affaires et préférait que ses cartons restent stockés ici, lui avait-elle affirmé.

Dix minutes plus tard, il la vit arriver en haut des marches avec un sac de voyage assez grand pour contenir un cadavre. Il se précipita dans l'escalier pour le descendre à sa place.

Jake réussit à grand-peine à faire rentrer le sac dans le coffre de sa Porsche. Parvenus au bungalow, elle lui arracha les clés des mains et, tandis qu'il portait son énorme sac, elle ouvrit la porte. Il posa le sac sur le lit de la chambre qu'elle avait choisie. Il s'attendait à ce qu'elle le congédie poliment, prétextant qu'elle devait s'installer, mais elle se tourna vers lui et demanda :

— On va faire un tour sur la plage ?

Il hocha la tête. Il était peut-être temps de suivre ses sentiments, après tout…

Jake ne tergiversa pas avant de prendre la main d'Avery, qui le laissa faire. Ils descendirent jusqu'à la frontière entre le sable sec et le sable léché par l'océan et commencèrent à marcher sur la grève. Le soleil les chauffait agréablement et le ressac leur faisait une musique de fond.

— Avec ma famille, nous avions l'habitude d'aller à Virginia Beach.

Ainsi, Avery était désireuse de poursuivre leur rapprochement puisqu'elle lui parlait de sa vie. Elle voulait qu'ils apprennent à mieux se connaître.

— Ah oui ?

— J'ai un frère. Il a un an de plus que moi. Il est pompier. Pas pour les sensations fortes mais parce qu'il aime aider les gens.

— C'est de famille, on dirait.

— Toi, tu donnes de l'argent pour aider les gens, nous, on le fait grâce à nos métiers.

Ils continuèrent à bavarder simplement, avec de longs silences durant lesquels ils profitaient de l'air du large, du spectacle sauvage de l'océan, de la beauté du paysage. Lorsqu'ils regagnèrent le bungalow une heure plus tard, Jake se dit qu'en effet, c'était un endroit dans lequel on se sentait bien, où l'on pouvait se détendre. Il se voyait y cuisiner, regarder un match de football sur le grand écran du salon tandis qu'Avery étudiait sur la longue table à manger, et, pour la première fois depuis qu'il l'avait rencontrée, il se demandait s'ils n'étaient pas vraiment faits l'un pour l'autre.

Avery n'avait pas passé d'aussi bons moments depuis une éternité – jamais peut-être… Jake était vraiment en train de changer, et le bébé et elle n'y étaient sans doute pas étrangers. Toutefois, ils avaient besoin de temps ; et Dieu sait quand il reviendrait la voir.

— Je te préparerais bien un dîner, mais il n'y a rien ici.

Jake grimaça.

— J'aurais dû y penser.

— Comme ce n'est pas tous les jours qu'une fille ordinaire de Pennsylvanie a l'occasion de conduire une voiture de sport, j'ai fait un tour de Porsche et j'ai vu qu'il y avait une sorte d'épicerie pas loin.

— Allons-y, alors !

Ils s'installèrent dans la voiture. Avant de démarrer, Jake appela son chauffeur et lui donna quartier libre pour les trois heures à venir.

— Tu vois que je prends soin de mes employés, la taquina-t-il.

Avery acquiesça en souriant. Elle se dit que c'était peut-être le bon moment pour lui prouver qu'elle aussi pouvait faire des efforts dans sa direction.

— Je sais. Je l'avais déjà remarqué. Je suis désolée d'avoir été aussi critique envers toi.

Ils mirent une bonne vingtaine de minutes à retrouver le magasin qu'Avery avait vu. Jake se moqua de son sens de l'orientation et ils rirent ensemble.

Ils remplirent leur panier avec des steaks, des légumes, de quoi faire une salade, préparer un apéritif, plus quelques produits dont Avery aurait besoin au quotidien. Elle s'amusa de le voir ébahi par les prix : il n'avait pas fait les courses depuis qu'il avait quitté l'université.

En caisse, il accepta de partager la note, ce qui la conforta dans le sentiment qu'il l'écoutait quand elle lui parlait. Ils plaisantèrent jusqu'à la voiture, comme deux vieux amis, ou un frère et une sœur, ou… *Non*, s'ordonna Avery, *n'y pense même pas !*

Ils roulaient depuis à peine une minute lorsque le téléphone de Jake sonna. C'était sa mère. Il répondit en mains libres.

— Salut, maman !

— Jake ! Oh ! Jake, je ne trouve pas Seth ! dit-elle d'une voix affolée.

— Il s'est perdu ?

— Clark s'est tué cet après-midi dans un accident de voiture.

L'air grave tout à coup, Jake se gara aussitôt sur le parking d'un magasin de bricolage.

— Répète-moi ça ?

— Clark, l'associé de Seth : il s'est tué aujourd'hui, dit-elle d'une voix hachée, avant d'éclater en sanglots. Je suis sous le choc. Et tellement effondrée que je n'imagine même pas comment il doit se sentir. Sabrina est allée chez lui mais il n'y est pas.

Avery vit une expression paniquée passer sur le visage de Jake.

— J'ai une idée ou deux de l'endroit où il pourrait être. Je vais le trouver.

— Appelle-moi aussitôt, d'accord ?

Jake coupa la communication et quitta le parking sur les chapeaux de roues.

— Je te dépose d'abord au bungalow et on sort les courses.

À peine arrivée, Jake bondit hors de la voiture avec les sacs de provisions. Il prit juste le temps de l'aider à ranger les denrées périssables dans le frigo, puis il se hâta vers la sortie. Avery le suivit.

— Qu'est-ce que tu fais ? lui demanda-t-il, pressant.

— Je viens avec toi. Je ne te laisse pas seul au volant dans cet état.

Elle se dit qu'avec elle et leur bébé à bord, il ne conduirait pas comme un fou. Et elle n'allait pas l'abandonner alors que tout s'améliorait entre eux, que quelque chose de merveilleux était peut-être en train de naître.

— Tu dois te reposer.

Elle le poussa dehors.

— Jake, Jake, Jake… Je te l'ai déjà dit : je suis enceinte, pas malade. Alors maintenant, bouge-toi ou je prends le volant.

Les deux heures et demie de route lui semblèrent durer une éternité. Avery avait au début du trajet maintenu avec Jake une conversation autour de sujets légers. Puis, dès qu'il avait semblé plus calme, elle lui avait demandé, sur la pointe des pieds, des informations sur l'ami de Seth. Jake lui avait appris que Harper, la femme de celui-ci, venait d'apprendre qu'elle était enceinte. L'enfant grandirait sans avoir jamais connu son père. Avery se douta que Jake n'était pas affecté aujourd'hui comme il l'aurait été avant de savoir qu'il allait lui-même devenir père.

Jake avait les clés de l'appartement de son frère. Ils s'y rendirent donc, mais Seth n'était pas là. Il appela les parents de Clark pour savoir si Seth était chez eux. Au grand soulagement de Jake, qui avait peur de les déranger dans un moment aussi tragique, ce fut une employée qui décrocha. Elle lui affirma que Seth n'était pas venu.

— Prochaine étape : l'appartement de l'une de ses ex.

— Tu ne peux pas lui téléphoner ?

— Je n'ai pas son numéro, juste son adresse. Je suis allé à une fête là-bas un soir.

Ils quittèrent l'appartement de Seth et marchèrent vers la Porsche.

— Seth est persuadé que Clark l'a sauvé. C'était un fils d'ouvrier, qui a recueilli Seth quand celui-ci s'est enfui à cause de notre père. Clark ne s'attendait pas à recevoir d'argent de lui, ne lui a jamais demandé de participer au loyer, il l'a juste accueilli chez lui.

Cette confidence inattendue déchira le cœur d'Avery

entre joie et tristesse. C'était merveilleux que Jake se confie à elle, et déchirant que ce soit dans de telles circonstances.

— Il devait être très généreux…

— Pour le remercier, Seth lui a donné la moitié des parts de l'entreprise qu'ils ont créée ensemble alors que Clark n'avait aucun apport personnel. Ils ont vécu ensemble dans l'appartement pourri de Clark pendant cinq ans, alors qu'ils auraient eu les moyens de se payer chacun un loft.

Jake secoua la tête, les mâchoires crispées.

— Cette nouvelle blessera Seth bien plus que personne ne pourra le comprendre. Pour lui, Clark est plus son frère que moi.

Avery lui passa le bras autour des épaules.

— Quand tu as eu besoin de lui dans l'entreprise, à la mort de votre père, il a répondu présent, non ? Vous *êtes* frères.

Il poussa un long soupir et s'installa au volant.

— Oui, nous sommes frères. Allons le chercher.

Mais il n'était ni chez son ex, ni dans aucun des endroits qu'il fréquentait habituellement. En désespoir de cause, Seth vadrouilla dans le quartier où son frère avait habité avec Clark et Oz. En vain. Jusqu'à ce que soudain, la voix excitée de Jake retentisse dans l'habitacle :

— Là ! C'est sa voiture !

Jake se gara un peu plus loin. Ils approchèrent du SUV Cadillac de son frère. Il était allongé sur son siège incliné en arrière et semblait dormir. Jake toqua à la vitre. Seth sursauta. Son air affolé fit place à une expression soulagée quand il constata que c'était Jake. Avery vit la bouteille de whisky vide sur le siège passager. Elle fit un signe discret de la tête à Jake, qui suivit son regard. Donc Seth savait.

— Il est quelle heure ? demanda-t-il d'une voix pâteuse.

— Bientôt minuit. Allez, viens, je te ramène chez toi. Avery va conduire ta voiture.

Trente minutes plus tard, Seth dormait tout habillé sur son lit. Jake et Avery avaient presque dû le porter tant il était ivre. Ils s'assirent dans le salon.

— Tu as prévenu ta mère ? demanda-t-elle.

— Oui, depuis la voiture. Je vais rester ici pour veiller sur lui, et je crois que toi aussi, dit-il en constatant qu'elle étouffait un bâillement. Seth à une chambre d'amis. Je dormirai sur le canapé.

Avery leva les yeux au ciel. Cette proposition était stupide, compte tenu à la fois de leur passé et de leur présent. Ils avaient été amants, ils allaient avoir un bébé, ils s'étaient embrassés à Paris et presque embrassés au moins trois fois depuis leur retour. Elle l'aimait bien, elle pourrait même tomber amoureuse. Elle avait toujours trop travaillé pour vraiment prendre le temps de connaître quelqu'un, le connaître assez pour l'aimer. Pourtant, il semblait que le destin avait arrangé les choses avec Jake pour qu'elle ait non seulement le temps, mais aussi les occasions pour apprendre à le connaître. Et pas seulement en tant que petit ami ou amant, mais merveilleux être humain.

— Ne sois pas bête ! dit-elle en lui prenant la main. Nous avons partagé suffisamment d'intimité pour t'éviter le canapé, non ? Et puis je t'apprécie, et je crois que tu m'apprécies aussi, non ?

Elle avait plongé le regard dans le sien. Il ne détourna pas les yeux pour répondre :

— Oui, c'est vrai.

Une joie mêlée de soulagement envahit Avery. D'apprendre que Jake l'aimait bien, certes, mais surtout qu'il le lui ait avoué. Ce qui, deux semaines auparavant, aurait été impensable. De sa part aussi, d'ailleurs, reconnut-elle *in petto.*

Ils trouvèrent des brosses à dents et de quoi faire leur toilette dans la salle de bains attenante à la chambre d'amis. Puis, après s'être mis en T-shirts et sous-vêtements, ils grimpèrent dans le lit.

Avery avait une envie folle de se blottir contre Jake. Elle en tremblait. Toutefois, il était tard, elle était épuisée et elle aurait parié qu'il l'était aussi. Elle resta immobile à côté de lui, espérant à moitié qu'il se retourne et l'embrasse. Cela ne pouvait pas venir d'elle. Elle avait brisé la glace et admis qu'elle l'aimait bien, et l'avait forcé à admettre qu'il l'aimait bien aussi. *C'est à lui de faire le prochain pas*, se dit-elle en fermant les yeux.

14.

Avery s'était endormie presque instantanément. Jake ferma les yeux. Il savourait sa proximité et le fait qu'ils aient tous deux énoncé ce qu'ils pensaient : ils s'appréciaient.

Il avait pensé qu'ils étaient opposés, mais plus il connaissait la jeune femme, plus il se rendait compte qu'ils partageaient la même éthique professionnelle, le même amour de la famille, le même désir de rendre le monde meilleur.

Quelques semaines en compagnie l'un de l'autre leur avaient dévoilé l'évidence : ils se ressemblaient plus qu'ils n'étaient différents.

Jake avait toujours cru qu'il serait effrayant d'être aussi vulnérable, mais chaque fois qu'il pensait à la perspective qu'Avery ait une place dans sa vie, la tension dans sa poitrine reflétait plus une joyeuse impatience que de la peur. D'ailleurs, il ne céderait pas à la peur. Cela n'était jamais arrivé et n'arriverait jamais. Les choses entre eux pouvaient ne pas marcher, Avery pouvait le quitter, ils pouvaient se disputer à nouveau, ils n'avaient pas réglé la logistique de leur vie avec le bébé, mais il ne pouvait contrôler ces aléas. En revanche, il pouvait contrôler bien des choses qui pourraient les affliger.

En s'endormant, il se dit que c'était sur elles qu'il fallait concentrer son énergie.

Lorsque Jake se réveilla, Avery était nichée contre lui, la tête sur son épaule. Son cœur se gonfla de bonheur à mesure que les événements de la veille lui revenaient : ensemble, ils avaient marché sur la plage, fait des courses, retrouvé Seth. Quelle merveilleuse sensation de la sentir blottie contre lui !

Il en profita une minute ou deux, puis se glissa hors du lit pour gagner la salle de bains.

Lorsqu'il revint, elle était réveillée, assise sur le lit, une auréole de cheveux roux en bataille autour de son visage d'ange.

— Bonjour, lui lança-t-elle avec un grand sourire lumineux.

Jake mit quelques secondes à retrouver sa voix. Cette femme était sublime, intelligente, gentille. Et sienne pour le moment…

— Bonjour.

Elle sortit du lit avant qu'il l'ait regagné.

— Où tu vas ? demanda-t-il sans parvenir à masquer sa déception.

— N'interroge jamais une femme enceinte sur le chemin de la salle de bains rétorqua-t-elle, moqueuse. Surtout à 7 heures du matin !

Elle se hissa sur la pointe des pieds et lui effleura les lèvres des siennes. Il lut de douces promesses dans son regard lorsqu'elle susurra :

— Retourne au lit…

Jake obéit. Tout était tellement différent entre eux désormais. Pour le meilleur.

Quelques minutes plus tard, elle revint se blottir contre lui sous les couvertures, éveillant tous les sens de Jake, excitant la moindre de ses terminaisons nerveuses.

— Je me demande si Seth est debout, dit-elle à voix basse.

— Ça m'étonnerait.

— S'il a bu la bouteille entière, il va avoir besoin d'aspirine et de quelque chose à manger. On devrait peut-être s'assurer qu'il va bien, non ?

— Ou rester ici, répliqua-t-il d'une voix rauque en l'épinglant d'un regard sans équivoque.

— Monsieur McCallan, me feriez-vous des avances, par hasard ? demanda-t-elle, joueuse.

Jake aimait flirter avec elle. Cela lui rappelait leur rencontre, mais aussi que leur relation avait évolué vers quelque chose de plus riche.

Il promena la main le long du ventre d'Avery, sentant l'enfant qui les rapprocherait. Puis il la laissa descendre le long de ses hanches, de ses cuisses, et remonter à nouveau. Avery laissa échapper un soupir de contentement. Jake se pencha alors et pressa la bouche contre ses lèvres pulpeuses. Peu à peu, le baiser devint plus sensuel. L'érection de Jake était presque douloureuse tant il avait envie d'elle. Six mois auparavant, il aurait fait l'amour à Avery, encore et encore. Or aujourd'hui, il ne s'agissait plus de cela. Des émotions étaient en jeu. Et cela l'emplissait de joie.

Soudain, leur parvint le bruit caractéristique de quelqu'un qui vomissait tripes et boyaux. Ils se regardèrent et rirent tous les deux.

— Allons l'aider, proposa Avery.

Jake renâcla, les yeux rivés sur ses seins gonflés dont les mamelons tendus se dessinaient sous le fin tissu du T-shirt :

— C'est un grand garçon, il s'en sortira très bien sans nous.

— Jake ! fit-elle semblant de le gronder.

— OK, OK…

Jake gagna la chambre de Seth. Si son frère ne les avait pas involontairement interrompus, Avery et lui auraient fait l'amour. Et s'ils étaient sortis ensemble comme deux personnes normales au lieu de commencer par le sexe, il était sûr qu'ils seraient *amoureux* l'un de l'autre en ce moment. Parce qu'il était absolument sûr que c'était ce qui était en train de se passer entre eux…

Avery fit le trajet en Porsche jusqu'à Montauk en mode décapotable. Sa vie était belle. Merveilleuse. Pour la première fois depuis qu'elle était enceinte, elle ne s'inquiétait pas pour ses rapports avec Jake. Parce qu'ils tombaient amoureux. Pour de vrai.

Elle n'était pas dans le bungalow de Seth depuis deux

minutes que son téléphone sonnait. Elle sourit en prenant l'appel de Jake.

— Tu as fait bonne route ?

— Super ! J'adore ta voiture. D'ailleurs, je me disais que maintenant que je la maîtrise, j'irais bien passer une journée chez mes parents.

Jake resta silencieux quelques secondes, puis proposa d'un ton prudent :

— Si tu vas voir tes parents, ce serait peut-être une bonne idée que je vienne avec toi, non ?…

Son cœur manqua un battement. Jake voulait rencontrer sa famille, et elle voulait qu'il les rencontre. Mais elle ne voulait pas écourter ou bâcler sa visite à cause de lui. Elle avait des choses à faire. Elle était peut-être en train de tomber amoureuse, mais son plan de vie n'avait pas changé : elle allait ouvrir un cabinet d'avocats à Wilton. Jake et elle n'en étaient pas encore au point où ils pouvaient évoquer d'emménager ensemble, encore moins de l'endroit où ils vivraient. Et elle ne pouvait rien tenir pour acquis. Elle devait aller de l'avant.

— Quand j'ai dit « une journée », je pensais « une journée *entière* » !

— Tu es venue à Paris pour annoncer ta grossesse à ma mère, je peux bien prendre une journée pour rencontrer tes parents ! Je ne voudrais pas qu'ils croient que le père de leur petit-enfant est un snob total !

— Je ne leur ai jamais dit que tu étais snob, j'ai dit que tu étais guindé.

— Je peux l'être avec eux si tu ne veux pas qu'ils soient déçus, plaisanta-t-il.

Avery éclata de rire. Elle aimait tellement quand Jake était drôle et surprenant !

— Sois toi-même, ce sera très bien !

— C'est dans mes cordes.

— Demain ?

— Demain.

Elle hésita à lui demander de venir dormir à Montauk avec

elle pour qu'ils puissent partir tôt ; mais elle savait ce qui arriverait s'il acceptait, et une partie d'elle n'était pas prête. Elle aurait pu abandonner toute prudence et se lâcher dans la chambre d'ami de Seth. Toutefois, maintenant que tout cela commençait à devenir *réel*, ses craintes se réveillaient.

Jacob McCallan était toujours un homme riche, habitué à obtenir tout ce qu'il voulait. Sa propre famille avait appris une leçon avec Paul Barnes : les gens riches ne pensaient pas comme les gens ordinaires, et ils utilisaient leur pouvoir et leur influence pour s'assurer de gagner.

Ce qu'elle éprouvait pour Jake n'avait rien changé au fait qu'ils vivaient deux types de vie différents et n'attendaient pas les mêmes choses de la vie. Leurs existences ne s'accorderaient pas facilement. L'un d'entre eux allait devoir faire un énorme compromis. Et elle ne pensait pas que ça pourrait être elle. Peut-être que ce séjour en Pennsylvanie leur montrerait si ça pourrait être lui ?

Vers midi et demi, après presque quatre heures et demie de route, Jake gara la Porsche dans la cour d'une sorte de ranch – la maison des Novak.

— C'est moins loin que ce que j'aurais pensé, dit-il. Deux heures en voiture depuis Manhattan, moins d'une heure en hélicoptère.

— Je te l'avais dit ! s'exclama Avery, radieuse.

Une femme aux courts cheveux roux jaillit de la maison. Quand Avery sortit, elle la serra dans ses bras à l'étouffer. Jake sortit à son tour de la Porsche. Un homme chauve à l'air avenant, vêtu d'un jean et d'un sweat-shirt, vint à sa rencontre.

— Je suis Dennis, le père d'Avery.

Il montra du doigt la femme qui avait à présent le bras autour de la taille d'Avery :

— Et voici Andrea, sa mère.

Jake salua les parents d'Avery, puis tout le monde entra dans la maison. Andrea emmena sa fille dans la cuisine.

Jake pouvait l'entendre interroger Avery sur sa grossesse, essayer de savoir si elle prenait soin d'elle. Elle sembla heureuse d'apprendre qu'Avery avait perdu son emploi, puis moins heureuse d'apprendre qu'elle vivait seule dans une maison à Montauk.

— Pourquoi ne rentres-tu pas à la maison ?

Avery expliqua qu'elle adorait avoir une maison pour elle toute seule et s'organiser comme bon lui semblait, entre promenade sur la plage et révision. Elle mangeait quand elle voulait, dormait quand elle voulait. Elle décrivit la maison de Seth et insista sur le fait qu'elle s'y sentait bien. Jake sentit combien Avery était proche de sa mère. C'était touchant de les entendre papoter ainsi.

— Elles peuvent bavarder pendant des heures, dit Dennis, comme s'il avait lu dans ses pensées.

— Avery vous rend souvent visite ?

— C'est variable. Elle adore l'été ici, alors elle vient passer des week-ends quand elle n'a pas trop de travail.

Jake demanda à Dennis s'il allait de temps en temps à New York. Celui-ci adorait la ville, les restaurants mais, ajouta-t-il à voix basse, beaucoup moins faire du shopping. Quand Jake lui proposa des billets pour aller au Madison Square Garden voir jouer l'équipe de basket-ball des Knicks, son visage s'éclaira.

Avery et sa mère revinrent à ce moment-là dans le salon, et tous les quatre partirent déjeuner dans le centre-ville.

Jake se félicita de s'être habillé d'un jean et d'un T-shirt : il passa inaperçu, au contraire d'Avery. Des connaissances s'arrêtaient pour lui parler, la féliciter, lui faire la bise. Tous saluèrent Jake avec gentillesse. De rares personnes leur jetèrent des regards de travers, mais Jake soupçonnait que cela avait à voir avec le fait que certains en ville ne croyaient toujours pas en l'innocence de Dennis.

Avery ne semblait pas s'en soucier. Elle se concentrait sur les gens qu'elle aimait, ceux qui l'aimaient.

Après un excellent déjeuner, ils se promenèrent un peu. Tout était simple, agréable ici. Ce serait un endroit parfait pour que leur enfant y fasse de longs séjours, pour lui donner l'occasion non seulement de voir, mais aussi de faire l'expérience d'un autre style de vie.

Ce ne serait pas bon seulement pour leur enfant, d'ailleurs. Pour lui aussi. Il voulait tout comprendre d'Avery, et profiter lui-même d'un peu de paix et de tranquillité quelques fois par an. Et s'il y avait une urgence en ville, un hélicoptère pourrait l'y emmener rapidement.

Tout se mettait parfaitement en place.

Il était temps d'appeler Pete Waters.

15.

Lorsqu'ils arrivèrent à Montauk, la nuit était tombée. Jake rangea la voiture dans le garage puis, quand ils entrèrent dans le bungalow, il jeta les clés sur la console de l'entrée. Alors seulement Avery comprit ce qui la tracassait depuis quelques minutes.

— Où est Gerry ?

— Sûrement chez lui en famille, répondit Jake en cherchant son regard. J'ai pensé que je pourrais rester ce soir…

La veille, cette suggestion lui aurait fait penser à toutes les choses qu'il leur restait à régler. Mais après la façon dont il s'était entendu avec ses parents, avait fait la conversation à ses amis et aimait manifestement sa ville natale, cela ne la choquait pas. Elle s'intégrait dans son monde, mais plus important encore, il s'intégrait dans le sien.

Elle s'approcha de lui, glissa les bras autour de son cou et l'embrassa.

— Je vais prendre une douche, dit-elle en s'écartant.

— Et si on la prenait ensemble ?

— En voilà une bonne idée ! s'exclama-t-elle en riant.

Jake l'embrassa, et Avery fondit. Leur baiser dura longtemps. Puis il la prit dans ses bras et la porta jusqu'à sa chambre.

Rassasiée et heureuse, Avery se blottit contre le corps de Jake dans le grand lit. Il prit une grande inspiration.

— Ça va ? lui demanda-t-elle.

— Je n'ai jamais été aussi bien de ma vie.

— Mais ?…

— Une part de moi a peur de ne pas être un bon père parce que je n'ai pas eu un bon père.

Avery se redressa et le fixa droit dans les yeux.

— Tu plaisantes ? En plus, je suis certaine que tu as plus été un père pour Seth que votre propre père. Tu sais, ces choses se font naturellement. On va découvrir notre petit bout de chou et on va fondre comme deux morceaux de beurre au soleil.

Il éclata de rire.

— Tu as le sens de la formule, en tout cas ! dit-il, avant de redevenir grave : Entre nous, tout est arrivé naturellement, nous n'avons rien décidé, rien planifié, et tout se déroule à merveille. Ce n'est pas… Je ne suis pas comme ça, d'habitude. Depuis l'enfance, je crains de me laisser aller. J'ai toujours dû tout contrôler.

— Eh bien, c'est fini, désormais ! Tu as des tonnes d'amour dans ce cœur qui bat, poursuivit-elle en lui tapotant le torse. Et tout ce dont un enfant a besoin, c'est d'amour.

— Tes parents, ils t'aiment comme tu es.

— C'est la clé, non ? Aimer son enfant comme il est et non comme on voudrait qu'il soit. Et le guider dans la vie.

— J'aime vraiment tes parents.

— Je crois que c'est réciproque.

— Et ta petite ville de Wilton. C'est un endroit charmant. Je comprends pourquoi tu l'aimes autant !

— C'était génial de grandir là-bas.

Avery avait vu que Jake s'était senti à l'aise à Wilton. Elle savait qu'il pourrait y vivre avec elle, et était certaine que c'était la meilleure solution. Mais il était trop tôt pour aborder le sujet. Leur rapprochement était trop frais, trop fragile.

Jake sembla penser la même chose qu'elle car il aiguilla la conversation dans une autre direction :

— Je suis invité à un nouveau bal de charité, samedi. J'aimerais que tu viennes avec moi.

— Pour annoncer au monde entier que je porte ton bébé ?

— Je crois que le monde entier est déjà au courant

depuis cette photo de nous deux parue dans ce journal, tu te souviens ?

— Oui. Quand je pense que nous avions l'impression que c'était la fin du monde ! ajouta-t-elle dans un éclat de rire. Si je viens, je porterai la même robe qu'à Paris. Ce n'est pas évident de trouver une robe de soirée à six mois de grossesse.

— Tu étais éblouissante dans cette robe ! Et puis c'est bientôt sept mois…

Une touche de fierté dans sa voix la fit sourire avec tendresse. Elle aussi était fière. Elle avait l'impression que le bonheur qui irradiait en elle lui faisait le teint plus lumineux, la peau plus douce. Tout ne venait pas du bébé. Jake aussi était responsable. Il était passé de guindé et autoritaire à facile à vivre et heureux. Et maintenant, il *parlait*. De tout. Y compris de lui-même et de leur relation.

Même si elle savait que la grossesse avait commencé à le changer, elle aimait se dire qu'elle y était pour quelque chose, qu'un petit compromis leur avait fait faire un long chemin. Certes, ils avaient besoin de plus de temps pour cimenter ce qu'ils ressentaient ; et il y aurait des tonnes d'autres compromis à faire. Mais si elle en croyait ce qui s'était passé aujourd'hui à Wilton, elle savait que tout s'arrangerait.

Le bal à l'hôtel Waldorf fut presque une copie conforme de celui de Paris. Les participants et la langue qu'ils parlaient étaient peut-être différents, mais le cérémonial était le même. Maureen était toujours aussi fière d'avoir son fils à ses côtés, et impatiente de présenter Avery comme la mère de son premier petit-enfant. Annalise et Julianna était toujours aussi amusantes, avec toujours un potin ou une histoire à raconter sur les invités.

Jake et elle dansèrent toute la soirée, ne s'interrompant que pour boire un verre de temps à autre l'espace d'une chanson. Avery n'en revenait pas de la facilité avec laquelle elle pouvait s'adapter au mode de vie de Jake, à ce monde de célébrités et de gens fortunés. Comme quoi, cela ne tenait pas à grand-chose : si chacun mettait un peu d'eau dans son vin, Jake et elle pouvait parfaitement s'entendre.

De retour à l'appartement de Jake, ils firent l'amour. Ce fut tendre et intense, très émouvant.

Jake sombra très vite dans un profond sommeil. Quand ils sortaient ensemble, il avait le sommeil extrêmement léger, comme s'il ne s'était jamais totalement détendu en sa présence. Et voilà qu'il dormait à côté d'elle, paisiblement. Ce changement la ravissait.

Le bébé bougea. Elle attendit qu'il s'arrête, mais il continua de plus belle. On aurait dit qu'il faisait des roulades et des sauts périlleux. Incapable de s'endormir, ne voulant pas déranger Jake, Avery sortit du lit.

Elle se couvrit d'un peignoir trop grand trouvé dans le dressing et se dirigea vers la cuisine. Elle se versa un verre de lait, se fit un sandwich au beurre de cacahuètes, puis se dirigea vers le bureau de Jake.

Comme il avait utilisé son ordinateur pendant le vol pour Paris, elle décida qu'elle pouvait utiliser le sien. Ses documents et ses notes pour l'examen du barreau étaient disponibles sur un *cloud*, donc elle pourrait profiter de cette insomnie pour travailler un peu.

L'ordinateur portable était posé sur le magnifique bureau en chêne poli. Elle savait que Jake avait travaillé dessus l'après-midi même, mais elle fut surprise de constater qu'il ne l'avait pas éteint. Et qu'un courriel de Pete Waters était affiché à l'écran. Elle leva la main le fermer, mais elle vit son nom dans le corps du message.

Ne regarde pas ! s'ordonna-t-elle. *Surtout ne regarde pas !*

S'il s'agissait de leur bataille pour la garde, ou même du fait qu'ils n'auraient peut-être pas besoin de se battre, elle ne pouvait pas le lire.

En tendant la main de nouveau pour cliquer, l'expression « *pro bono* » attira son attention. Ce courriel n'était pas à propos de la garde de leur futur enfant. Il était à propos d'elle et de la branche *pro bono* de Waters, Waters, &

Montgomery, celle qui mettait les compétences du cabinet, gratuitement ou avec des honoraires très réduits, au service des plus défavorisés…

Elle s'assit la gorge serrée, la bouche sèche, et lut le court message. C'était un accord entre Jake et Pete Waters. McCallan signerait un contrat de dix ans avec Waters, Waters & Montgomery, en échange duquel le cabinet acceptait d'étendre sa branche *pro bono* selon le bon vouloir d'Avery.

Seigneur… Jake avait bel et bien l'intention de l'obliger à rester à New York !

16.

Quand Jake se réveilla, il se retourna pour embrasser Avery. Elle n'était plus dans le lit. Il en sortit, se glissa dans le bas du pyjama qu'il avait jeté à travers la pièce la nuit précédente et gagna la cuisine.

Elle n'était pas là non plus.

— Avery ! appela-t-il.

Il chercha en vain dans le hall, dans le salon, dans les chambres d'amis, puis se dirigea finalement vers son bureau.

Il la trouva là, assise dans son fauteuil mais face à la vue sur la ville qu'on avait grâce à l'immense fenêtre.

— Pourquoi avoir négocié un accord avec Pete pour que je travaille de nouveau avec le cabinet ?

Son cœur sombra. Pas parce qu'il ne voulait pas qu'elle l'apprenne, mais parce qu'il aurait voulu qu'elle l'apprenne *autrement*. De façon romantique. Qu'elle s'en souvienne toute sa vie.

Il fit quelques pas dans la pièce.

— Cela faisait partie de ma demande en mariage.

Avery fit pivoter le fauteuil et se retrouva face à lui. Elle avait l'air horrifié.

— Me trouver un boulot faisait partie de ta demande en mariage ? ! s'exclama-t-elle.

Malgré la tension, Jake ne put s'empêcher de rire.

— Oui. Enfin, non. Je veux dire… En quelque sorte. Je t'aurais fait cette proposition après ma demande en mariage.

Il s'avança vers un pan de la bibliothèque, retira trois épais volumes d'une rangée et ouvrit le coffre-fort mural caché derrière. Il en sortit la boîte du bijoutier renommé qu'il y avait cachée.

Avery bondit du fauteuil.

— Ne t'avise même pas de demander !

Ses yeux étaient pleins de larmes, qui ne tardèrent pas à couler sur ses joues. Le cœur de Jake se serra.

— J'ai passé presque toute ma vie à me préparer une place dans ce monde, celle d'une avocate qui défendrait les plus défavorisés, qui combattrait les injustices.

— Et tu peux faire cela chez Waters, Waters & Montgomery.

Il se tut, paralysé par l'angoisse, soudain. Il lutta pour ne pas avoir l'air désespéré. Il avait sincèrement imaginé le meilleur compromis, et Avery ne s'en rendait pas compte.

— Mon ange, je dois rester à New York. Tu peux te montrer plus souple, non ?

— Plus *souple* ? s'étrangla-t-elle. Je pensais qu'après notre voyage en Pennsylvanie, tu voyais peut-être un autre compromis possible. Un qui *te* demanderait de t'assouplir un tout petit peu.

Elle aurait dû paraître petite et sans défense dans son peignoir beaucoup trop grand pour elle ; au contraire, elle avait l'air royal, puissant. Il secoua la tête, perplexe.

— Tu pensais que j'envisageais de déménager à Wilton ?

Elle releva fièrement le menton et le toisa.

— Ce n'est pas insurmontable, si ? Une heure d'hélicoptère, as-tu dit toi-même. Mais le vrai problème n'est pas là, ajouta-t-elle en tournant l'ordinateur vers lui. Ceci est un mémo final. Ce qui signifie qu'il y a eu des discussions, des échanges de messages, des rendez-vous peut-être. Une organisation. Sans même me consulter !

Avery avait rivé un regard assassin au sien. Jake eut soudain horriblement peur que sa colère soit trop grande pour être jamais apaisée. Et sa poitrine était comme prise dans un étau à l'idée qu'il était comme son père. Tom McCallan aurait pu agir ainsi, sans jamais imaginer qu'il puisse faire quelque chose de mal ou qu'il puisse blesser quelqu'un.

Parce que ce qu'il pensait juste et bon devait l'être pour tout le monde. Point final.

Ainsi agissent les dictateurs, lui souffla une petite voix intérieure.

— Je…

Bon sang, pourquoi n'avait-il rien dit à Avery ?

Parce que tu ne consultes jamais personne. Tu décides tout seul. Tu es le patron. Comme ton père.

Non ! Il avait combattu ce penchant et l'avait éradiqué. C'était seulement le maniaque de l'organisation qu'il était resté qui avait agi.

— Je sais que ça va avoir l'air d'une excuse, mais je suis habitué à faire les choses qui doivent être faites. Je ne peux pas complètement m'empêcher d'anticiper. Je dirige une multinationale : si j'arrête de planifier, l'entreprise meurt. Tu m'as dit toi-même que tu voulais donner un sens, une dimension éthique à ton métier d'avocate. Travailler dans la branche *pro bono* de Waters, Waters & Montgomery répondra à tes attentes. Si tu réfléchis cinq minutes, tu t'apercevras que c'est la solution !

— Et si toi, tu réfléchis cinq minutes, tu t'apercevras que tu te trompes, et que tu ne me connais pas du tout. Je veux aider mes amis. Mes voisins. Je veux aider des humains, pas me donner bonne conscience.

Elle marcha vers lui et le défia de son regard plein de larmes, les poings sur les hanches.

— Je ne crois pas que tu comprennes le sens des mots « amitié » ou « communauté ». Ni même le sens du mot « amour ». Tout ce que tu comprends, tout ce que tu vois, c'est ce que tu veux. Ce dont tu as besoin.

Sur ces mots, elle sortit de la pièce. Jake n'essaya pas de la retenir, pétrifié. Elle avait dit la vérité. Il pensait qu'il l'aimait, mais elle avait raison : il ne pouvait pas l'aimer s'il ne la connaissait pas. Et s'il l'avait vraiment connue, il aurait su qu'un poste à New York ne pourrait pas la satisfaire.

Son cœur se craquela de douleur. Il avait perdu la meilleure chose qu'il avait jamais eue parce qu'il était égoïste.

Avery ne fit pas ses valises ; elle se contenta de s'habiller d'un jean et d'un T-shirt. Puis elle sortit de l'appartement de Jake, soulagée qu'il ne l'ait pas suivie, le cœur lourd de chagrin.

Elle était aussi triste pour elle-même que pour lui. Jacob McCallan était privilégié, bardé de confiance en lui, croyant que tout ce qu'il disait et faisait était juste parce qu'il ne considérait qu'un point de vue : le sien. Ou celui de sa famille.

Elle se tenait sur le trottoir, enceinte de sept mois, brisée, avec cent dollars dans son portefeuille et deux cartes de crédit. Elle appela son père pour qu'il vienne la chercher. Ils se donnèrent rendez-vous devant un hôtel de Broadway où ses parents avaient séjourné lors de leur dernière venue à New York. Elle irait ensuite dès que possible à Montauk récupérer ses affaires.

Avant de lever le bras pour arrêter un taxi, elle se retourna vers l'entrée de l'immeuble de Jake. Il aurait eu dix fois le temps d'enfiler un pantalon et de lui courir après. Mais il ne l'avait pas fait. Il était dans sa tour d'ivoire. Au chaud. En sécurité. Chouchouté.

Peut-être n'avait-il pas le choix. Peut-être était-il prisonnier de son éducation, de sa vie. Mais si elle avait accepté la forme d'amour qu'il voulait lui donner, elle aurait renoncé à tout ce pour quoi elle s'était battue. Pour toujours. Parce que les gens comme Jake ne faisaient pas de compromis. Ils prenaient ce qu'ils voulaient.

Alors pourquoi avait-elle l'impression qu'on lui arrachait le cœur ?

Pendant quatre jours après le départ d'Avery, Jake ne sortit pas de son appartement, ressassant tout ce qui s'était passé entre eux, tout ce qu'ils s'étaient dit, dormant à peine, se lavant un jour sur deux, n'allumant pas son téléphone ni son ordinateur sauf pour prévenir de ne pas l'attendre au bureau.

Puis il décida d'aller à Montauk. Avery n'y était pas. Ses

affaires non plus. Il se rendit compte que Seth lui avait laissé un message pour le prévenir qu'elle lui avait rendu les clés.

Il se rendit compte qu'il allait devenir fou s'il continuait à penser ainsi à Avery. Il n'était pas allé au travail depuis des jours. Il avait abandonné Seth alors que son frère était encore en deuil. Et Dieu seul savait ce que sa mère faisait…

Alors il retourna au bureau, rappela sa mère, et son agenda se remplit. De nouveau, sa vie était agencée par d'autres que lui. Il n'avait plus de temps libre. À quoi bon puisqu'il ne retrouverait jamais l'amour ?…

Après une journée chargée – il avait pris du retard à cause de ses absences – Seth passa la tête par l'entrebâillement de la porte de son bureau. Jake fut heureux de le voir.

— Entre !

Jake prit de ses nouvelles. Seth lui confia que le chagrin était toujours là, ne disparaîtrait pas de sitôt, mais orienta la conversation sur Avery. Jake se raidit.

— Tu sais, je vous ai vus tous les deux dans mon appartement…

— Tu avais une telle gueule de bois que tu as probablement aussi vu des licornes ce matin-là !

— Jake, j'ai vu les regards que vous échangiez. Ils ne mentaient pas. Il y a quelque chose de fort entre vous.

— De fort ? Sérieusement ? lança-t-il, ironique. Elle veut vivre en Pennsylvanie !

— Et alors, qu'y a-t-il de mal à cela ?

— Ma vie est ici.

— Qui l'affirme ? le provoqua son frère.

— Écoute, s'agaça Jake, de toute façon elle est partie. Elle pense que je cherche à la manipuler, que je veux tout contrôler.

— Et elle a tort ?

Jake leva les yeux au ciel et poussa un long soupir.

— Je… J'ai passé un accord avec Pete Waters pour qu'elle devienne la directrice de son département *pro bono.*

— Sans lui en parler ? s'étonna Seth.

— Je voulais lui faire la surprise. Je pensais que…

— Arrête de penser ! Elle ne te manque pas ?

— Je… J'essaie de ne pas penser à elle, mais je n'y arrive pas. Alors j'essaie de penser à tout ce qui m'énerve chez elle, mais tout ce dont je parviens à me souvenir, ce sont les bons moments.

Seth éclata de rire.

— Jake, va la chercher !

Il secoua la tête.

— Je ne peux pas. Elle m'a envoyé promener avec ma demande en mariage, figure-toi ! Et je me dis que si elle a rejeté l'accord que j'avais conclu avec Pete, c'est peut-être parce qu'elle ne me connaît pas assez pour m'aimer.

— Tu penses vraiment ça ?

— Je ne sais plus quoi penser…

— Qu'est-ce que tu veux ? Au fond de toi ?

Il voulait ressentir pour toujours ce qu'Avery lui faisait ressentir. Il voulait des dîners amusants, des après-midi détendus, du sexe torride et intime. Mais pas question d'en parler à son frère…

— Je ne sais pas.

— Moi je crois qu'avoir été élevé comme celui qui allait remplacer papa à la tête de l'entreprise ne t'a jamais laissé l'opportunité de savoir qui tu voulais vraiment être.

Jake hocha la tête. Il n'avait jamais vu les choses sous cet angle, mais Seth avait peut-être raison.

— Alors fais-moi plaisir, reprit ce dernier. Avant de rayer de ta vie une femme que maman et moi trouvons parfaite pour toi, réfléchis à ça : si tu n'étais pas enchaîné à ton travail, que ferais-tu, là, maintenant ?

17.

Le lendemain de son départ précipité de New York, Avery comprit que vivre avec ses parents dans un ranch disposant de trois chambres à coucher et d'une seule salle de bains n'était pas une bonne idée.

Elle passa la journée à chercher un appartement ou une maison à louer dans lesquels elle pourrait emménager immédiatement. Elle trouva une maison de style Cape Cod qui était à vendre et la visita dans la foulée. Cela lui fit penser à Maureen et elle dut retenir ses larmes face à l'agent immobilier. Elle fit aussitôt une offre, qui fut acceptée par le vendeur sans discuter car elle payait comptant.

Ses parents s'inquiétèrent à l'idée qu'elle allait vivre seule les derniers mois de sa grossesse, mais quelques jours plus tard, une fois l'acte de propriété enregistré et son chèque encaissé, ils l'aidèrent à transporter ses cartons.

Elle avait parlé à droite et à gauche du cabinet d'avocats qu'elle avait l'intention d'ouvrir. Dans une petite ville comme Wilton, les nouvelles allaient vite – d'ailleurs, se disait Avery, faire à nouveau partie de sa communauté la sauverait probablement de son désespoir. Même si peu de gens avaient besoin d'une avocate criminaliste, tout le monde avait une histoire de succession qui avait mal tourné, ou de harcèlement sexuel, ou de bail, ou de beau-frère qui avait emprunté de l'argent et ne l'avait pas remboursé.

Quand Maureen lui téléphona, Avery s'efforça d'avoir un ton joyeux. Elle lui parla de sa maison, ce qui permit d'éviter les silences gênants et les sujets brûlants. Maureen insista pour lui faire envoyer des fleurs et Avery lui donna son adresse.

Elle s'attaqua à la décoration de sa maison et abattit même une cloison pour pouvoir voir son enfant jouer devant la cheminée durant les froides nuits d'hiver pendant qu'elle préparerait le dîner. L'image qui se forma dans son cerveau la fit pleurer car Jake devrait y figurer, penché sur son ordinateur portable assis à la table de la cuisine.

Chaque matin, elle se levait à 6 heures, pleurait, prenait une douche, pleurait puis se mettait au travail. Elle révisait pour son examen, repeignait certains murs, ponçait un plancher, chinait des meubles, organisait son intérieur.

Elle était en train d'accrocher un cadre quand l'antique sonnette de la porte d'entrée fit résonner son carillon dans toute la maison. Une autre chose à changer, songea-t-elle en s'étirant – le bébé pesait de plus en plus lourd.

Elle gagna l'entrée de sa démarche désormais un peu pesante – « d'hippopotame » disait-elle souvent en riant. La porte était faite d'un cadre en bois foncé qui abritait des vitres biseautées assemblées comme des œuvres d'art. En revanche, pas question de changer cette porte !

Elle l'ouvrit machinalement.

Quand elle vit Jake debout sous son large porche à colonnes blanches, son esprit se déconnecta.

Jake portait un blouson de cuir noir sur une chemise ouverte de trois boutons, un jean et une barbe de trois jours. Il avait l'air peu recommandable et… sexy en diable !

Une vague d'émotion la submergea et elle retint ses larmes de justesse. En effet, songea-t-elle aussitôt, il pourrait être ici pour constater à quel point elle était déterminée. Il pourrait être ici pour négocier. Il pourrait être ici pour l'intimider. Il pourrait être ici pour la manipuler.

— Salut, dit-il.

Puis, avant qu'elle ait pu répondre, il lui tendit le bouquet de fleurs qu'il cachait derrière son dos.

Le cœur d'Avery manqua un battement. Son esprit se remit en mode veille.

— C'est de la part de ma mère. Elle a aussi commandé un vase. Elle espère qu'il sera livré avant que les fleurs ne meurent.

Le soupçon d'espoir qui était né en elle s'évanouit aussitôt. Quelle idiote ! Comment avait-elle pu imaginer qu'il lui avait acheté des fleurs parce qu'il l'aimait, ou même pour reprendre les négociations pacifiquement ?

— Remercie ta mère pour moi, dit-elle en prenant les fleurs. Non, je connais le protocole désormais, je lui enverrai un petit mot de remerciements.

Elle referma la porte, mais Jake coinça le pied entre le battant et le chambranle. Ce geste la surprit : il ne lui ressemblait tellement pas.

— Tout bien considéré, te donner les fleurs de la part de ma mère était complètement idiot. Je suis venu pour te présenter des excuses et je ressemble à un livreur !

Il avait dit cela de manière tellement hilarante qu'elle faillit éclater de rire. Mais elle ne devait pas laisser son charme agir sur elle, elle avait trop à perdre dans cette histoire.

— Si tu veux parler garde de l'enfant et droit de visite, dis à Pete d'appeler mon avocat.

— Je suis là pour te dire que je t'aime.

Le cœur d'Avery s'arrêta de battre une seconde, avant de repartir au galop. Elle aussi l'aimait, c'était une évidence chaque jour un peu plus forte.

— Tu… Tu ne m'as jamais dit ça…, bredouilla-t-elle, émue.

— Je ne sais pas pourquoi. J'en suis certain depuis Paris. Je pensais sans doute que…

— C'est bien ton problème, le coupa-t-elle. Tu penses trop. Tu veux que tout soit parfait.

Elle eut à peine le temps de terminer sa phrase qu'il la prenait par la taille et l'embrassait avec passion. Elle lui passa les bras autour du cou et le laissa l'emmener où il voulait.

— Alors, que penses-tu de ma non-façon de penser ? demanda Jake en s'écartant d'elle.

— Tu commences à comprendre, on dirait…

— Je vais réfléchir et trouver une solution, répliqua-t-il en riant.

— Surtout pas !

Elle l'entraîna dans son salon.

— Ne fais pas tout le temps ce que tu crois que l'on attend de toi, fais aussi ce que tu as envie de faire !

— Je ne peux pas ne plus prévoir et anticiper. Je suis construit ainsi. Mais je peux essayer de ne plus tout prévoir tout seul. Je… Je sais que je n'aurais pas dû passer cet accord avec Pete, même si je l'ai fait pour te faire une surprise. Je te demande pardon. L'amour, c'est nouveau pour moi. Un peu effrayant. Mais je t'aime, et je me sens vide quand tu n'es pas là.

Les yeux d'Avery s'emplirent de larmes. Il se montrait si honnête, si courageux qu'elle devait l'être elle aussi.

— Je me sens perdue sans toi. Je suis follement amoureuse de vous, Jacob McCallan !

Elle se jeta dans ses bras et ils s'embrassèrent à nouveau. Quand Jake rompit leur baiser, il regarda tout autour de lui.

— Alors c'est ici que nous allons vivre ?

Avery ouvrit de grands yeux, incrédule. Avait-elle bien entendu ?

— *Nous* ?…

— Si tu veux de moi, bien sûr.

Elle battit des mains, folle de joie, surexcitée.

— Oh oui ! Oui, oui, et mille fois oui !

— Je veux être avec toi, dit-il d'une voix rauque en la serrant contre lui. Je veux aussi que tu sois heureuse. Et ce sera génial d'élever notre enfant ici.

— Oh ! Mon amour…

Jake regarda droit dans les yeux la femme de sa vie. Puis il l'embrassa à nouveau. Il savait avec une certitude absolue que c'était cela qu'il avait attendu toute sa vie. Pas la sécurité. Pas le confort. Pas la perfection. Quelque chose de chaud et de doux, de torride et de sexy, d'intelligent et de fort, de canaille et de gentil.

Quelqu'un.

Avery.

Épilogue

Jake s'installa dans le siège placé devant la fenêtre de la chambre d'hôpital d'Avery. Maureen tenait dans ses bras son premier petit-enfant, Abigail McCallan.

— Tu sais, dit sa mère au bébé, ta maman et moi avons vu la plus jolie robe de mariée de Paris. Elle l'a même essayée.

— C'était un piège, intervint Avery. J'étais censée essayer une robe de bal ! Mais c'est vrai qu'elle était magnifique !

Maureen se tourna vers Andrea Novak :

— Nous irons ensemble à Paris dans le jet familial et je vous la montrerai !

Sabrina et Seth entrèrent à cet instant. Seth portait un énorme ours en peluche.

— Il ne tiendra pas dans la chambre du bébé ! s'exclama Avery en riant.

— Il ne tiendra pas dans la maison !

— Heureusement que vous en faites construire une nouvelle, répliqua son frère.

Ils n'avaient pas attendu la naissance du bébé pour engager un architecte, et les plans de leur future maison étaient presque terminés. Avery était sur le point de passer l'examen du barreau de Pennsylvanie. Et personne ne semblait se soucier que Jake ne soit au bureau que deux jours par semaine et le reste du temps travaille depuis chez eux.

Tous s'extasièrent sur le bébé et félicitèrent les heureux parents. Puis Jake nota qu'Avery commençait à fatiguer et demanda à tout le monde de bien vouloir la laisser se reposer.

Lorsqu'il se retrouva seul avec elle, il lui arrangea ses oreillers et ses couvertures.

— Repose-toi un peu, mon amour. Je reste ici pour veiller sur les deux femmes de ma vie.

— Merci, murmura Avery.

Elle ferma les yeux et s'endormit aussitôt. Normal après un travail de dix heures, songea Jake, admiratif, empli d'amour et de gratitude.

Il se pencha au-dessus du petit berceau. Sa fille était minuscule. Elle avait les cheveux noirs et les yeux bleus des McCallan. Pour le moment. Ils ne connaîtraient leur couleur définitive que dans environ un an.

Il se rendit compte qu'il n'avait plus de craintes, plus d'angoisses par rapport à sa paternité, pas plus que par rapport à sa vie avec Avery. Et pas parce qu'il avait tout prévu ou planifié, mais parce qu'il était prêt pour l'aventure.

Avec Avery, il était même impatient.

Vous avez aimé *Le fruit d'une liaison new-yorkaise* ?
Découvrez la suite de votre série
« Les héritiers de Manhattan » dès le mois prochain
dans votre collection Azur !

Retrouvez en septembre 2020,
dans votre collection

AZUR

Le fils caché d'un Sicilien,
de Michelle Smart - N°4246

Cela fait trois ans qu'Orla recherche le père de son fils chéri. Hélas, en raison de l'accident qui l'a rendue amnésique, elle est incapable de se rappeler son nom… Jusqu'au jour où Tonino Valente fait son apparition, au cours du mariage de sa sœur. Cet homme somptueux, Orla le reconnaît aussitôt, dans son âme, son cœur, son corps ! Dès lors, les souvenirs affluent à sa mémoire, dévastateurs. Ceux de leur rencontre et de la passion qui les a liés si intimement… Mais aussi celui de la trahison de Tonino…

Liaison avec le grand patron,
de Kate Hewitt - N°4247

Elle est enceinte… Mia attend un enfant d'Alessandro Costa, un homme qu'elle connaît à peine, un homme impitoyable. Son patron ! Alors qu'elle croyait n'avoir jamais plus rien à faire avec celui qui n'a pas hésité à la licencier froidement après leur unique nuit d'amour, la voilà liée à lui pour toujours ! Si le choc est intense, Mia pense d'abord à protéger son enfant en restant à distance. Mais lorsque quelques mois plus tard Alessandro découvre qu'elle a donné naissance à une petite fille, il fait de nouveau irruption dans sa vie, pour lui donner un ordre ultime : celui de l'épouser !

Dans les bras du prince de Santara,
de Michelle Conder - N°4248

Alexa, princesse héritière de Bérénia, a besoin de trouver un mari avant que son père lui en impose un. Et elle a déjà jeté son dévolu sur Rafaele al-Hadrid. Le prince de Santara possède en effet toutes les qualités requises. Hédoniste aux mœurs dissolues, il fuit tout engagement – et le mariage en particulier. Avec lui, au moins, les choses seront claires : il ne sera question entre eux que d'un arrangement temporaire qui, tout en renforçant les liens entre leurs deux pays, servira leur intérêt commun de rester libre. Hélas, si le plan d'Alexa est parfait en théorie, tout se complique lorsqu'un désir irrépressible la pousse dans les bras et dans le lit de son époux de façade…

Le fruit d'une nuit interdite,
de Chantelle Shaw - N°4249

S'il y a une femme sur Terre qu'Andreas Karelis n'a pas le droit de séduire, c'est bien l'innocente Isla Stanford. Pourtant, leurs retrouvailles sur une île paradisiaque de la mer Égée mettent à mal ses résolutions. Dans ce décor de rêve, où le vert de la forêt rivalise de beauté avec le bleu du ciel, comment résister à cette créature tout droit sortie de ses fantasmes ? Après une aventure aussi brève qu'intense, Isla sort de la vie d'Andreas, fort heureusement pour sa tranquillité d'esprit. Avant de lui révéler peu après qu'elle attend un enfant de lui : l'héritier des Karelis…

La maîtresse de Salvatore di Luca,
de Sharon Kendrick - N°4250

Fidèle aux traditions siciliennes, Lina travaille dur et se conduit de manière respectueuse. Mais, au grand dam de sa famille, elle repousse tous ses prétendants. Comment pourrait-elle se lier à un homme qu'elle n'aime pas ? Tous l'ignorent, mais un seul a le pouvoir de faire battre son cœur. Chaque fois qu'il est de passage à Caltarina, Salvatore di Luca éveille en elle un désir intense… mais interdit. Non seulement le séduisant milliardaire n'a aucune intention de s'établir sur l'île, mais surtout il n'a que faire d'une simple couturière comme elle. Du moins le croit-elle, avant qu'une rencontre fortuite les conduise à une liaison scandaleuse…

Éprise de son meilleur ami,
de Michelle Douglas - N°4251

Se marier avec son meilleur ami ? Voilà une idée curieusement tentante pour Sophie. Bien sûr, il ne s'agirait que d'une union de convenance entre eux, purement platonique : Will a besoin d'une femme pour hériter d'Ashbarrow Castle, le domaine familial ; quant à Sophie, elle manque d'argent pour se bâtir une nouvelle existence en Cornouailles. Rien de romantique, donc. Alors pourquoi ne peut-elle s'empêcher de s'imaginer au bras de Will… et dans son lit ? Tandis qu'elle s'efforce d'ignorer les élans de son cœur pour son irrésistible époux, Sophie comprend bientôt qu'elle a commis l'irréparable en tombant amoureuse de lui…

Noces à Manhattan,
de Susan Meier - N°4252

SÉRIE : *LES HÉRITIERS DE MANHATTAN* - 2/3

« J'ai besoin d'aide. » Face à Seth McCallan, le meilleur ami de son époux disparu, Harper n'a d'autre choix que de révéler sa détresse. Comment faire autrement, alors que sa petite fille et elle sont sur le point de se retrouver à la rue ? Bien sûr, elle aurait préféré tenir l'homme d'affaires new-yorkais à l'écart de ses problèmes, seulement il est son dernier recours… Or, à peine lui a-t-elle expliqué sa situation que Seth lui propose d'emménager chez lui avec son bébé. Une offre qu'elle accepte volontiers, tout en se jurant de garder ses distances avec celui qui, depuis des années, fait battre son cœur un peu trop vite…

La promise d'un cheikh, de Lynne Graham - N°4253

SÉRIE : *TROIS SŒURS À SÉDUIRE* - 3/3

Résolue à échapper quelque temps à sa famille surprotectrice, Zoe voyage vers le Maraban, un royaume du désert de toute beauté. Sitôt arrivée, hélas, elle est enlevée et conduite dans un campement au milieu de nulle part. Son salut, elle le doit au sublime Raj, qui se révèle être le prince héritier du pays. Sous son regard ardent, elle se sent vite rassurée... et désirée ! Mais sa liberté a un prix, Zoe ne tarde pas à le comprendre. Et, lorsque tous deux sont plongés dans un scandale politique, Raj exige d'elle qu'elle devienne son épouse...

Une danse à Venise, de Trish Morey - N°4254

SÉRIE : *PASSION AU PARADIS* - 4/6

Venise est envahie par une foule d'anonymes masqués, noyée dans un brouillard mystérieux... C'est là que Rosa, perdue, fait la rencontre d'un sublime inconnu. Lorsqu'il lui propose de l'accompagner au bal du carnaval, elle accepte, grisée par l'atmosphère de cette soirée féerique. Puis elle se laisse entraîner sur la piste de danse du *palazzo*, avant de gagner le lit de Vittorio, pour une nuit de délices. Une nuit censée être unique mais qui n'est pas sans conséquences. Peu après, Rosa découvre en effet qu'elle est enceinte et que son amant est prince !

Ce pacte si troublant, de Tara Pammi - N°4255

Pour se libérer de l'emprise de son beau-père, un homme manipulateur et violent, Neha sait qu'une seule personne peut l'aider : Leonardo Brunetti, le puissant P-DG de BFI. Cet homme ténébreux et arrogant – et qui la fait frissonner en secret depuis des années – est en effet le seul à pouvoir tenir tête à son beau-père et la sauver de ses griffes. Mais Leonardo acceptera-t-il sa folle demande : l'aider à commencer enfin une nouvelle vie en lui faisant l'enfant dont elle rêve ?

Un baiser enivrant, de Kim Lawrence - N°4256

Quand le sublime Draco Morelli lui propose de l'embrasser pour rendre jalouses les trois pestes qui se moquent d'elle depuis le lycée, Eve accepte sans hésiter – pour le simple plaisir de les voir se consumer d'envie. Mais le baiser passionné de Draco lui fait rapidement oublier ses désirs de vengeance. Ce qu'elle veut à présent, c'est lui et rien d'autre. Aussi, quand, après une première nuit de passion, leur aventure semble évoluer vers une véritable histoire d'amour, Eve est-elle ivre de bonheur. Un bonheur hélas de courte durée. Car elle ne tarde pas à découvrir que Draco l'a piégée. S'il a besoin d'une femme dans sa vie, c'est uniquement pour conserver la garde de sa fille...

Composé et édité par HarperCollins France.

Achevé d'imprimer en juillet 2020.

CPi
BLACK PRINT

Barcelone

Dépôt légal : août 2020.

FSC
www.fsc.org
MIXTE
Papier issu de sources responsables
FSC® C108412

Pour limiter l'empreinte environnementale de ses livres, HarperCollins France s'engage à n'utiliser que du papier fabriqué à partir de bois provenant de forêts gérées durablement et de manière responsable.

Imprimé en Espagne.